KB216352

스 캔

2015년 7월 13일 제1판 제1쇄 인쇄
2015년 7월 20일 제1판 제1쇄 발행

지은이   강물
펴낸이   강봉구

편집   김윤철
디자인   비단길
표지그림   김의규
인쇄제본   (주)아이엠피

펴낸곳   작은숲출판사
등록번호   제406-2013-000081호
주소   413-120 경기도 파주시 신촌로 21-30(신촌동)
주소   100-250 서울시 중구 퇴계로 32길 34
전화   070-4067-8560
팩스   0505-499-8560

홈페이지   http://cafe.daum.net/littlef2010
페이스북   http://www.facebook.com/littlef2010
이메일   littlef2010@daum.net

©강물

ISBN 978-89-97581-75-7   43810
값은 뒤표지에 있습니다.

작 은 숲
청 소 년
0 1 0

스 캔

강물소설집

차례

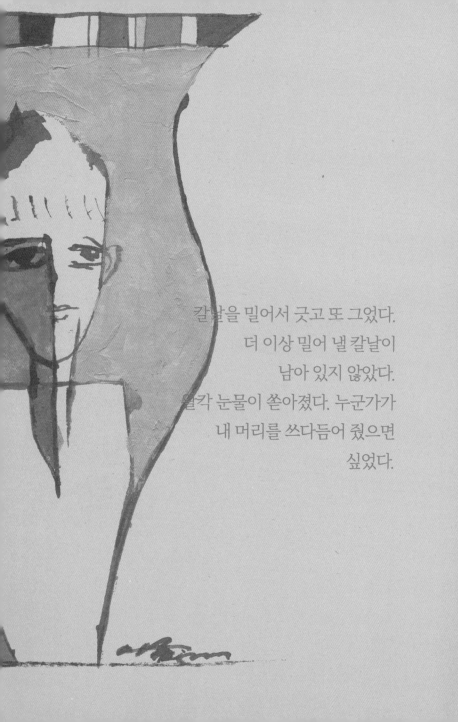

칼날을 밀어서 긋고 또 그었다.
더 이상 밀어 낼 칼날이
남아 있지 않았다.
울칵 눈물이 쏟아졌다. 누군가가
내 머리를 쓰다듬어 줬으면
싶었다.

어디선가 물소리가 들려왔다. 매끄러운 바닥을 끄는 듯한 슬리퍼 소리, 기침소리, 말소리도 들렸다. 거친 기계음도 들렸다. 소리는 증폭기를 통과한 것처럼 크게 울리며 다가왔다가 메아리의 끝자락처럼 길게 꼬리를 끌며 멀어졌다가 돌발적으로 커져서 되돌아오곤 했다.

눈꺼풀이 들렸다. 온통 하얀색이었다. 고만고만한 패널들이 격자무늬처럼 위로 아래로 옆으로 뻗어 나가고 있었다. 그 패널 한쪽 귀퉁이에서 은박지 술 두세 가닥이 나부끼고 있었다.

"깼어요?"

그 순간, 모든 풍경이 늘어났다 좁아졌다 찢어졌다 이어졌다

어지럽게 흔들리며 내 몸은 추락하고 있었다. 제발, 이 아득한 추락이 멈추지 않았으면 좋겠다는 생각이 섬광처럼 머릿속을 스쳐 지났다.

"이거 보여요?"

손가락이 여자 목소리를 내며 눈앞에서 흔들거렸다. 내 몸이 쿵하고 시멘트 바닥에 떨어졌다.

"안 돼!"

소리쳤지만 소리는 내 귀에도 닿지 않았다. 허공을 쥐어뜯으며 팔을 휘저었다. 몸이 겨우 꿈틀거리는 게 느껴졌다.

"됐어요! 괜찮아요."

흰 가운을 입은 남자가 얼굴을 가까이 대고 들여다봤다. 입 냄새가 훅 끼쳐 왔다. 남자 로션 냄새, 숙취 속을 빠져나오지 못한 알코올 냄새, 음식이 덜 삭은 냄새가 크레졸 냄새와 뒤섞여 있었다. 몸이 뒤틀리면서 재채기가 터져 나왔다. 온몸이 아팠다.

"괜찮아요. 이제 됐어요."

어처구니없었다. 당신들은 잘못한 거야. 내게 마지막 남은 선택을 빼앗은 거라고! 나는 내가 싫다고! 나는 내 몸이 너무 무섭고 무겁다고!

키 큰 청년이 쭈뼛쭈뼛 내 침대맡으로 다가왔다. 민기였다. 옆에는 짙은 화장을 한 민정이가 겁에 질린 꼬마 요정 같은 표정으로 여름 교복을 입고 서 있었다.

"꺼져!"

있는 힘껏 소리쳤지만 말이 만들어지지 않았다. 팔을 휘저으며 몸을 뒤틀었다. 링거병 줄이 엉키고 코에 붙인 호스가 떨어져 나갔다. 남자가 민기와 민정이를 내보냈다.

"남자 친구라고 하던데, 꼭 연예인 같이 생겼네!"

여자가 맥박을 짚으며 말했다.

아, 정말 끝냈어야 하는데, 왜 다시 돌아왔단 말인가? 왜 다시!

"병실에 누가 있어야 하는데 어떡하지?"

여자가 문듯이 말했다. 나는 고개를 세차게 흔들었다. 병실 밖에는 민기 패거리가 어슬렁거리고 있었다. 여자가 어리둥절한 표정으로 나를 내려다봤다. 두려움과 절망이 내 몸을 빨래처럼 짜 비틀었다.

"겨, 경찰 좀 불러 주세요!"

처음으로 내 입에서 만들어진 말이 나왔다. 여자가 멍하게 서 있다가 핸드폰 뚜껑을 열었다.

"이민기 패거리가 시킨 거야? 학생이 스스로 한 거야?"

경찰이 물었다. 넓적한 얼굴에 주먹만 한 코가 붙어 있고 펼친 손바닥이 솥뚜껑처럼 큰 남자였다. 남자는 벌써 세 번째 묻고 있었다. 더는 그 얘기를 하기 싫었다. 눈을 감았다. 침묵이 모래 먼지처럼 병실을 채워 나갔다. 어디서고 거센 바람이 불어와 나를 말아 올려 먼 곳으로 내동댕이쳐 줬으면 싶었다.

"학생이 힘들어하는 건 알겠는데, 조사에 협조해 줘야 빨리 끝낼 수 있지. 그놈들이 시킨 일이면 도망가기 전에 붙잡아야 하고, 강제성이 없었다면 학생이 처벌받는 거고."

남자의 말투가 거칠어졌다. 남자의 솥뚜껑 같은 손이 감은 눈 속으로 들어왔다. 내 몸이 모래바람에 말려서 수십 미터 상공에 수직으로 솟구쳤다. 그렇게 날아가면 될 것 같았다. 모래에 섞여 흔적도 없이 사라지면 될 것 같았다.

"말하지 않으면 학생을 처벌할 수밖에 없어! 그게 얼마나 큰 죈지는 학생도 알지?"

내 몸은 다시 매트리스를 뚫고 침대 밑으로 추락하고 있었다. 얼굴과 목, 가슴과 등에서 땀이 비죽비죽 솟았다. 그 얘기를 다시 어떻게 할 수 있다는 말인가?

"형사님, 쉬었다 나중에 하면 안 될까요?"

경찰과 함께 병실에 들어와 내 손을 꼭 쥐고 있던 담임이 눈물 그렁한 눈으로 말했다. 남자가 앉았던 의자를 끼이익 소리를 내며 뒤로 끌었다. 남자의 손에 접힌 의자는 장난감 같았다.

"선생님이 설득 좀 해 주세요. 피해자가 더 생기지 않도록!"

남자가 바람을 일으키며 나갔다. 담임이 내 이마와 머릿결을 쓰다듬으며 조심스럽게 말했다.

"너 잠든 사이 아빠가 다녀가셨어."

"제 아빠가 아니에요. 나는 아빠가 없어요!"

"그래, 알았다. 그 얘기는 다시 하지 말자."

주사기를 들고 온 간호사가 주사를 다 놓은 뒤에도 내 침대 주변을 떠나지 않고 서성거렸다. 둥그런 얼굴에 눈썹이 가느다랗고 희미한, 처음부터 내 병실을 드나들던 여자였다. 나를 내려다보는 눈길에 안쓰러움 같은 것이 어려 있었다. 내가 빤히 쳐다보자 간호사가 담임의 눈치를 보며 재빨리 말했다.

"임신한 거 몰랐어요?"

임신이라니, 내가?

"지혈하고 위세척하는 과정에서 사산했어요. 하혈이 심해서
보니 그렇더라구요."

사산? 있는 줄도 모르고 있던 아이가 죽다니? 누군가 내 몸의
구멍이란 구멍에 공기 펌프를 꽂고 펌프질을 하는 것처럼 바람
이 빠른 속도로 몸 안에 들어와 벙벙하게 찼다. 몸이 터져 버릴
것 같았다. 차라리 뻥 터져 버렸으면 싶었다. 괴물이 따로 있는
게 아니었다.

"수액에 무통 주사액을 넣긴 했지만 여기저기 많이 아플 거예
요."

간호사가 나갔다. 나는 어디 눈 줄 데가 없었다. 담임이 눈물
그렁한 눈으로 여전히 내 손을 매만지고 있었다. 이제 어떻게 해
야 할까? 어디로 가야 할까? 갑자기 모든 게 담임 때문에 일어
난 일 같았다. 저 눈물 그렁한 눈만 아니었어도 나는 담임에게
기대지 않았을 것이다.

"이 마귀 같은 새끼야!"

유리창을 깨서 휘둘렀다. 손바닥에서 시작된 피가 손목을 타고 팔뚝으로 흘러내렸다. 겁을 먹은 기태 녀석이 교실 밖으로 도망쳤다. 나는 복도까지 쫓아가 손에 쥔 유리창 조각을 바닥에 패대기쳤다. 파편이 사방으로 튀었다. 내 인간성이 바닥을 드러내고 나라는 존재가 거기 유리 파편처럼 박살나고 있었다. 그것이 내가 살아남을 수 있는, 학교에 다닐 수 있는 방법이었다.

중학교에 처음 들어갔을 때만 해도 공부를 한다는 축에 속했는데, 이제 수업은 알아들을 수도 없었다. 가끔씩 고등학교에 갈 수 있을지, 고등학교에 들어간다 해도 뭘 할 수 있을지 두려웠다. 그렇지만 집에서 벗어나려면 고등학교 졸업장은 있어야 할 것 같아 버티는 수밖에, 견디는 수밖에 없었다. 그냥 책상에 엎드려 있었다.

여자애들은 알은체도 하지 않았다. 내가 지네들 곁에 얼씬거릴까 봐 벽을 치고 투명인간 취급을 했다. 지네거나 나거나 어느 한쪽이 투명인간인 것은 확실했다. 남자애들은 숙인 내 머리통을 툭툭 치거나 한 대씩 쥐어박고 갔다. 기태는 습관적으로 그러는 놈이었다. 본때를 보여야 했다. 학교에 붙어 있으려면. 집에서 벗어나 있는 시간을 늘리려면.

담임이 불렀다. 학교 담장 밑 축축 늘어진 개나리 가지에 누군가가 노란 꽃들을 접어 빼곡히 붙이기 시작하고 있을 때였다.

"너 무슨 일 있니?"

"아니요."

"그럼 왜 그런 짓을 했어?"

대답하기 싫었다. 피를 보고 싶어 그랬다고 말하기는 싫었다.

"지난 한 달 내내 네 눈 깊숙이 숨어 있는 어둠을 봤다. 막막했다. 어떻게 풀어 가야 할지 감을 잡을 수 없어서."

담임은 이미 내 자료를 다 읽었을 터였다. 1학년 때부터 가출 경력이 화려하다는 것도. 팔목을 카터로 그은 것도. 그밖에 또 뭘 알고 있을까?

"아빠하곤 잘 지내니?"

엄마가 집을 나간 건 알고 있다는 뜻이었다. 그럼 다른 것은? 몸 곳곳에서 땀이 삐질삐질 돋아났다. 대답할 필요가 없는 질문이었지만 내 입에선 대답이 쏟아져 나왔다.

"아빠는 직장에서 쫓겨나 3년째 다른 직장을 잡지 못했어요. 마트 계산원을 하며 혼자 우리 집 생활을 책임지던 엄마는 아빠의 무능과 매질을 견딜 수 없어 도망갔어요. 내가 초등학교 6학년 때요. 나는 내 잘못인 줄 알고, 내가 엄마 말을 안 들어서 그런 줄 알고 엄마가 도망간 쪽을 향해 무조건 빌었어요. 돌아오라고, 제발 돌아와 나 좀 살려달라고. 됐어요? 알고 싶은 게 이건 가요? 그런 내가 어떻게 아빠랑 잘 지내요?"

상담실 벽이 쿵쿵 울렸다. 내가 제어할 틈도 없이 내 상처에서 쏟아져 나온 말들이었다. 나는 웃옷을 걷어 올려 등을 보였다. 내친김이었다.

"가출하고 돌아올 때마다 아빠가 가죽 벨트로 달아 준 훈장이에요. 됐어요?"

맞을 때의 통증이 되살아났다. 어떤 놈 붙어먹고 왔냐고 눈이 뒤집혀 술에 절은 가죽 벨트를 휘두르던 그자의 모습도.

"네 모습에서 나는 중·고등학교 때의 내 모습을 봤어. 네가 하는 행동을 볼 때마다 바닥이 닿지 않던 그때의 막막함이 다시 살아나곤 했다."

담임의 눈시울이 젖었다. 무슨 영문인지 알 수 없었다. 담임은 학교에서 가장 젊고 예쁜 여자였다. 그만큼 콧대도 셌다. 새끼손톱만 한 양쪽 귓불에는 손가락만 한 칼이 매달려 있었다. 은빛으로 빛나는 칼이었다. 칼을 귀걸이로 찬 사람은 처음이었다.

"나는 초등학교 때 엄마 아빠를 한꺼번에 잃고 친척집에 맡겨졌어. 교통사고 보험금을 타먹은 친척은 인내심이 바닥나자 나를 내쳤단다. 나는 다른 핏줄을 찾아 이집 저집 눈치를 보며 떠돌 수밖에 없었지. 누가 차라리 고아원에 들어가 버리라고 말하기도 했어. 나도 고아원 문 앞까지 가기도 했고. 근데 나는 내가 고아라는 것을 인정하고 싶지 않았어. 하늘나라에 엄마 아빠가 살아 있는데 내가 왜 고아냐고. 학교를 오가는 길에 큰 다리가 있었어. 다리 밑은 강물이 흐르고, 여름에는 물이 불어 우당탕탕 큰소리를 내며 흘러가기도 했어. 하루하루 악으로 버텼지만 다리를 지날 때마다 강물 속으로 뛰어들고 싶어 견딜 수가 없었어. 강물은 엄마 아빠 목소리로 얼른 들어오라고 부르기도 하고, 엄마 아빠가 어서 들어오라고 팔을 벌리는 모습으로 흐르기도 했어. 그때마다 초인적인 힘을 짜내 간신히, 간신히 다리를 벗어나곤 했어. 그걸 이겨 내려고 죽어라고 공부하기도 하고"

얼굴이 일그러진 담임의 눈에 눈물이 그렁그렁했다. 마음이 시렸다. 가슴속에서 무슨 둑 같은 것이 툭하고 무너져 내렸다. 담임이 얼마나 알고 있는지 모르지만 말하지 않을 수 없었다.

눈물이 주르륵 흘렀다. 엄마가 집을 나간 뒤 처음 우는 울음이었다.

"얼마나 힘들었니?"

내 얘기를 다 듣고 난 담임이 그 눈물 그렁한 눈으로 나를 꼭 안아 주며 등을 토닥여줬다. 후련하기도 하고, 괜한 말 했나 싶어 가슴이 텅 비고 쓸쓸하기도 했다.

"기도하자!"

담임이 내 손을 꼭 잡고 기도를 시작했다. 낯선 풍경이었지만 담임의 입에서 쉼 없이 풀려나오는 습기 젖은 말들은 내 상처를 가만가만 쓰다듬어줬다. 태어나 처음으로 어떤 위로의 손길을 느꼈다.

"일단 집에서 벗어나야겠다. 네가 있을 곳을 알아볼게."

눈물을 훔치고 돌아 나오는 등 뒤에서 담임은 아직도 티슈를 뽑아 눈물을 닦고 있었다. 담임의 귀에 걸린 은빛 칼이 형광등 불빛을 휙휙 잘라 내고 있었다.

담임이 안내해 준 곳은 청소년 쉼터였다.

"더 안정된 곳을 찾을 때까지 당분간 지내 봐."

담임이 등을 토닥여 주며 말했다. 담임은 여전히 내게서 안타까운 눈길을 거두지 못했다.

쉼터는 가출했거나 나처럼 집에 들어갈 수 없는 여자애들이 모인 곳이었다. 천국이었다. 지켜야 할 규칙이 많았지만 집이나 거리와는 비교할 수 없었다. 삥을 뜯거나 CCTV를 피해 편의점을 훑지 않아도 되었다. 석 달 동안은 끼니는 어떻게 때울지, 오늘밤 어디서 몸을 뉘어야 할지 걱정하지 않아도 되었다. 꿀림방에 갈 필요도, 패밀리에 들 필요도 없었다. 그렇게 한 달이 갔다.

갑자기 누워 있는 이부자리 위로 수건이 날아왔다.

"누가 내 화장품 썼냐구?"

같은 방을 쓰는 민정이가 다들 자는 밤늦은 시간에 들어와 씻다말고 소리쳤다. 이불을 뒤집어쓰고 있던 애들이 얼굴을 내밀었다. 몇몇 애들은 그대로 자는 척했다.

빗이 날아왔다. 비비크림튜브가 날아왔다.

"씨팔, 어떤 년이냐구?"

누워 있는 애들의 한숨소리가 들렸다. 나는 벌떡 일어났다. 나와 상관없는 일이지만 놔두면 더 험악해질 것 같았다. 사감이 오기 전에 정리하는 게 좋을 것 같았다.

"너무 좋아 보여서 내가 한번 써 봤어. 미안해!"

"그게 얼마짜린데, 어떻게 해서 산 건데, 니 맘대로 쓰냐구?"

민정이는 제 가슴을 치며 울부짖었다. 그 애는 제 기분이 좋으면 모든 걸 다 해 줄 것처럼 설치다가도 제 마음이 편치 않으면 금방 잡아먹을 것처럼 으르렁거렸다. 제가 제 스스로를 견딜 수 없어 했다. 그것은 드러나지 않은 내 모습이기도 했다.

나는 민정이를 꼬옥 안아 줬다. 키가 내 턱에 닿았다. 한참 더 욕을 퍼붓다가 그 애는 칭얼거리던 아이처럼 잠이 들었다. 보호 기간이 다 돼 곧 쉼터를 떠나야 하는 그 애는 잔뜩 야위고 지친 얼굴이었다. 꼬마 요정처럼 생긴 얼굴에 늘 화장을 두껍게 해서 본래 얼굴을 떠올리기 쉽지 않았는데 화장이 지워진 얼굴은 초등학생 같은 앳된 얼굴이었다.

보호 기간이 아니어도 그 애는 쉼터 생활을 못 견뎌했다.

"나도 어디 갈 데가 있었으면 좋겠어!"

그 애가 입에 달고 있는 말이었다. 나 또한 그랬지만 입 밖에 내지는 않았다. 주말이나 휴일에는 더 그랬다. 뚜렷한 대상도 없이 누군가가 그립고, 어디론가 가고 싶고.

"남자 친구 소개시켜 줄까?"

"니가?"

"응! 쉼터를 떠나는 선물로 주고 싶은데."

나는 희미하게 웃었다. 내 마음이 뭘 원하는지 알 수 없었다.

"선우 쉼터에 있는 오빤데, 아이큐 150이 넘는 천재야. 예고 다녔는데, 피아노 전국 콩쿠르에서 상도 받았데. 무엇보다 잘 생겼구."

"그렇게 좋으면 니가 하지 왜?"

"언니는 이렇게 이쁜 몸이 아깝지도 않아?"

그 말이 무슨 뜻인지 몰라 나는 민정이 눈을 봤다. 민정이는 되묻듯이 내 눈을 들여다봤다.

민기를 처음 본 순간, 그가 왜 텔레비전 속에 있지 않고 거기 나와 있는지 모르겠다는 생각이 들었다. 큰 키에 늘씬한 몸매, 뽀얀 피부, 뭔가를 가진 자만이 지을 수 있는 잔잔한 미소……
정말로 텔레비전 드라마 속에서 걸어 나온 것 같았다. 특이하게도 손에 아주 작은 성경책을 들고 있었다.

"서울에서 부산까지 몇 개의 역이 있는지 아니?"

그가 내게 한 첫 질문이었다.

"모르는데. 알아야 돼요?"

이상하게 내 마음이 삐딱해졌다. 그가 서울에서 부산까지 가는 기찻길 역을 줄줄이 외웠다. 맞는지 틀리는지 모르지만 어이가 없었다.

"집 나와서 처음 간 곳이 부산이었거든. 가는 길이 심심해서 그냥 외웠어."

귀티 나는 얼굴에 집 나온 우리 또래 누구나 갖고 있는 그늘이 우수처럼 어려 있었다. 그도 별 수 없는 가팸이었다.

"고2. 학교는 그만뒀어."

아빠 사업이 망해 온 식구가 반지하 단칸방에서 복닥거리는 게 싫어 집을 나왔다고 했다. 나보다는 솔직해서 좋았다. 나는 왜 집을 나왔는지 얘기할 수 없었다.

"어떤 책 좋아해?"

"나는 책 읽는 거 싫어요. 언제부턴가 읽어도 무슨 말인지 머리에 들어오지 않아요. 머리가 텅 비어 가는 것 같고. 그게 겁나기도 하고요."

내가 그에게 말한 첫 번째 진실이었다. 그를 보면 진실을 얘기하지 않으면 안 될 것 같은 느낌이 자꾸 들었다.

"난 성경 읽는 게 취미였어. 재밌어서 그런지 읽으면 외워지더라고. 구약은 거의 다 외웠는데, 집 나오는 바람에 신약으로 넘어가지는 못했어."

갑자기 숙연해진 그가 잠깐 하늘을 올려다보다가 입을 뗐다.

"태초에 하나님이 천지를 창조하시니라. 땅이 혼돈하고 공허하며 흑암이 깊음 위에 있고 하나님의 신은 수면에 운행하시니라. 하나님이 가라사대……"

그가 무슨 주문을 외듯 끝없이 주워섬겼다. 손에 든 성경책은 펼치지도 않았다. 부드러우면서 울림이 있는 목소리였다. 그가 괴물 같기도 하고 귀엽기도 했다.

"넌 꿈이 뭐였니?"

아득했다. 내가 꿈을 지닌 적이 있었던가?

"없어요. 그냥 살아요."

아이들을 좋아하고 돌보는 게 재밌어서 어린이집 교사가 되고 싶었다는 말은 할 수 없었다. 내게 그럴 자격이 없는 것 같고. 내 얼굴빛을 보고 그가 화제를 바꿨다.

"우리나라 교회가 몇 갠지 아니?"

"몇 갠데요?"

"오늘 현재 오만팔천 육백십이 개."

"그걸 어떻게 알아요?"

"내가 다 세어 봤거든. 어떤 땐 눈에 보이는 것, 내가 알고 있는 것 모두 다 부숴 버리고 싶어. 그리고 새로 만들고 싶어."

알 수 없는 사람이었다. 외로워 보이기도 하고, 무슨 일인가를 저지를 것만 같고, 그래서 안아 주고 싶기도 하고.

"너 참 이쁘다! 얼굴도 몸매도."

우수 어린 얼굴 그늘을 일그러뜨리며 그가 씨익 웃었다. 내 마음의 그늘도 걷히는 것 같았다. 마음이 푸근해지고 별 거 아닌 일에도 웃음이 나왔다. 그도 나도 그런 서로를 보고 깔깔거렸다. 갈수록 벌린 입의 각도가 커지는 그의 선한 웃음은 이 세상을 다 품을 것 같았고 내 안의 뾰족함도 무디게 만들었다. 우리는 자연스럽게 손을 잡고 입을 맞췄다. 쉼터 뒷산에서 아카시아향이 안개처럼 스며들어 온몸을 목욕시키고, 학교 가는 길 동네 울타리에 핀 수수꽃다리 냄새가 몸을 비틀고 있을 때였다.

그에게 뭔가를 해 주고 싶은 마음이 자꾸 솟구쳤다. 이런 감정이 내 안에 있다는 게 신기했다. 그가 몸을 요구했을 때는 그가 눈치챌까 봐 두려웠지만 어쩔 수 없었다. 피하고 싶지 않았다. 누군가의 몸이 내 몸에 섞여도 죄가 되지 않고 훈훈할 수 있다는 게 뿌듯했다. 그가 원하는 대로 함께 있기 위해 쉼터를 나왔다. 그가 돈이 없어 내 돈을 썼다. 담임이 내 자립을 위해 여기저기서 끌어다 준 후원금도 바닥이 났다.

"우리에게 필요한 게 뭐지?"

마주잡고 깍지를 꼈던 손을 풀며 그가 물었다. 함께 있던 일주일짜리 숙소를 나온 우리는 공원 벤치에 앉아 있었다. 그는 두 손을 모아 성경책을 꼭 쥐고 눈은 먼 곳을 보고 있었다. 뭔가가 내 몸에서 떨어져 나갈 것 같은 두려움이 덮쳐 왔다.

"돈이요."

나는 힘없이 말했다.

"어떻게 해야 생길까?"

"알바라도 해야 되겠지요."

"그래! 알바 좀 할래? 날 위해, 그리고 우리를 위해."

어느새 나는 고개를 숙이고 운동화 앞꿈치로 벤치 밑바닥 흙만 파헤치고 있었다. 누군가에 의해 그 자리는 이미 많이 파여 있었다. 발치에서 개미들이 열을 지어 어디론가 가고 있었다. 나는 그 대열을 발끝으로 무너뜨렸다. 개미들이 허둥거리며 길을 내기 위해 안간힘을 썼다. 모든 것이 내 잘못 같았다.

"지금은 너든 나든 해야 돼. 꿀림방 안 가고 너랑 나랑 함께 지내려면."

내가 무슨 일을 할 수 있을까? 무슨 일을 해서 돈을 벌 수 있을까?

"처음이 중요해. 우리에게 필요한 것이 뭐지?"

"…… 돈이요."

점점 대답하기가 두려웠다.

"그래. 그것만 생각하자. 아무리 힘들어도 우리 그것만 생각하자. 저 앞 건물 보이지?"

"네."

나는 건성으로 대답했다. 그저 막막했다.

"302호에 들어가면 사람이 있을 거야. 그 사람과 한 시간만 지내고 오면 돼. 그러면 우리에게 돈이 생겨. 20만 원. 그거면 우린 한동안 같이 살 수 있어. 그 담엔 오빠가 알아서 할게."

나는 대답할 수 없었다. 그제서야 건물이 눈에 보였다. 가슴이 뛰고 두려움이 몰려왔다. 민기가 뒤에서 안으며 입술을 귀에 대고 말했다.

"나는 너와 오래 함께 있고 싶어."

가기 싫었지만 그를 잃기 싫었다. 그는 내가 마음을 준 최초의 사람이고, 내 몸에 온기를 준 최초의 사람이었다.

"내가 문 앞까지 데려다 줄게."

"그럼 가지 말고 문 앞에서 꼭 기다리고 있어야 돼요?"

"알았어. 그럴게."

민기가 다시 앞에서 안아 줬다. 그에게서 겨드랑이 땀 냄새가 났다. 같이 뒹굴면서 익숙해진, 내가 좋아하는 냄새였다. 나를 아늑하게 하는 냄새였다.

눈앞에 있는 하얀 건물로 들어가는 길은 멀고 멀었다. 한 걸음 뗄 때마다 두려움이 중력의 천 배 만 배로 가슴에 매달렸다. 이 세상 말고 다른 세상이 있었으면 싶었다. 엘리베이터가 폭발해서 어디론가 날아가 버렸으면 싶었다.

"못하겠어요! 우리, 다른 길을 찾아봐요."

문 앞에서 나는 민기에게 매달렸다.

"다른 길이 어딨어? 당장 오늘밤부터 갈 곳이 없는데. 제발 아무 것도 생각하지 마. 우리에게 필요한 것은 돈이라는 생각만 해, 제발!"

민기가 애원하듯 말했다. 그리고 문을 열고 나를 밀어넣었다. 덩치 큰 남자가 옷을 다 벗고 침대에 앉아 기다리고 있었다. 텔레비전에서 본 격투기 선수 같았다. 나는 후다닥 몸을 돌렸다. 문이 닫히고, 출렁이는 가슴 근육이 앞을 가로막았다. 고개를 들 수도 숨을 쉴 수도 없었다.

"야, 너 몇 살이야?"

남자가 계속 말을 시켰다. 입이 떨어지지 않았다.

"이런 쌍, 벙어리야?"

남자가 화를 내니까 되레 두려움이 조금 희석됐다. 내가 파들거리며 몸을 웅크리는 것을 본 남자는 더는 말을 시키지 않았다.

좀처럼 시간이 흐르지 않았다. 천정 벽지의 보라색 꽃무늬는 뫼비우스 띠처럼 몸을 뒤집으며 이어지고 이어져서 도무지 끝을 찾을 수가 없었다. 남자의 얼굴이 보여 눈을 뜨고 있을 수도 없었다. 뭔가 주문을 외워서라도 시간을, 더 깊어지는 통증을 흘려보내고 싶었으나 아는 게 없었다. 수리수리마하수리수수리 사바하…… 만화책에서 본 게 다였다. 그러나 외워도 외워도 시간은 멈춰 서서 움직이지 않았다. 어딘가로 사라져 버린 것 같았다. 가나다라마바사아자차카타파하거너더러모버사어자차커터 퍼허고노더러…… 주문이 저들끼리 엉켜 끝없이 늘어져도 시간은 그대로였다. 종이처럼 가닥가닥 찢어진 몸에서 누가 열어놓은 수도꼭지의 물처럼 신음 소리가 흘러나왔다. 문 앞에 있을 민기를 생각해 나는 거푸 소리를 삼켰다. 시간과 통증이 서로 내 몸을 찢어 그물을 짰다. 그물코가 끝없이 이어졌다. 통증이 찢어진 몸 사이를 칼로 저미고 다녔다. 그물이 찢어진 내 몸을 친친 감았다. 숨이 막혔다. 다 끝내고 싶었다. 이 모욕을 더는 견디고 싶지 않았다. 그 순간, 남자가 파르르 떨었다.

"왜 이렇게 뻣뻣해? 재수 없게!"

남자는 2만 원을 빼고 18만 원만 줬다. 민기는 건물 밖에 있었다. 나는 민기의 가슴팍을 주먹으로 마구 쳤다. 입에서는 아무 말도 나오지 않았다. 통증으로 걸을 수도 없었다.

"너무 심각해 하지 마."

민기가 담배에 불을 붙여 줬다.

"내가 사람이 아닌 것 같아."

"우리도 살아야 하잖아?"

"꼭 이렇게 하고 살아야 해?"

"우리가 어떻게 한 시간 일하고 20만 원을 벌 수 있니? 주유소에서 일주일 꼬박 일해도 받을 수 있을까말까 한데. 그나마 노인들이 차지하고 있어 들어가기도 힘들고."

"그래도 이건 아니야!"

뱃속에서 치욕감이 욕지기처럼 치밀어 올랐다. 앞이 보이지 않았다.

"지수? 김지수 맞지?"

얼떨결에 연 핸드폰에 담임이 들어와 있었다. 담임은 하루에도 몇 차례씩 전화를 하고 문자를 보냈다. 전화를 받을 수도 답할 수도 없었다. 뭐라고 할 말도 없었다. 핸드폰을 닫았다. 빌딩 사이를 떠가는 구름이 습기에 젖어 뿌옜다.

함께 있을 때 민기는 가끔 눈을 감은 채 허공에다 양손가락을 쫙 펴고 고개를 주억거리며, 또는 몸을 앞뒤로 좌우로 흔들며 음표를 짚고 건반을 두들겼다. 잔잔하게 흘러가던 손놀림이 감정이 고조되고 격해지면 허공의 건반을 부술 듯이 때렸다. 나중에는 손가락을 파르르 떨기도 했다. 그쯤 되면 내 귀에까지 그의 연주소리가 들리는 것 같았다. 그럴 때 그는 이 세상 아닌 다른 곳에 가 있는 것 같았다. 얼굴선이 날카로워 범접할 수도 없었다. 그럴 수 있는, 딴 세상으로 날아갈 수 있는 그가 부러웠다.

일주일도 안 돼 내가 번 돈이 다 떨어졌다.

"이미 시작한 일이야. 딴 생각할 필요 없어. 우린 돈만 벌면 돼."

민기가 채근했다. 걸을 때마다 아랫도리를 칼로 저미는 듯한 통증의 기억이 등을 훑고 머리칼 끝으로 빠져나가곤 했다.

"오빠가 알아서 한다고 했잖아요? 오빠가 어떻게 이럴 수 있어? 나 오빠 여자 아냐?"

"나도 알지만 우리에게 돈이 필요하잖아? 그거 없으면 우린 1초도 같은 공간에 있을 수 없잖아? 그건 니가 더 잘 알잖아?"

"난 싫어! 난 그거는 오빠하고만 할 거야. 다른 사람과 하고 싶지 않다고!"

"그건 그거고, 이건 이거야. 왜 둘을 구분 못 해! 바보같이."

내가 바보인 것은 틀림없었다. 그를 잃고 싶지 않은데 방법이 없었다. 다 나 때문인 것 같았다. 내가 방문이 잠겼는지 몇 번이나 확인해야 잠자리에 들고, 불을 켜놓아야 잠을 잘 수 있고, 내가 건드리지 말라고 내 몸에 손대면 죽어 버릴 거라고, 제발 그만 때리라고 잠꼬대를 해서 그런 것 같았다.

나를 버리고 도망간 여자, 엄마가 보고 싶었다. 그러나 어디에 있는지 알 수가 없었다. 지난 가을, 엄마가 집 나간 지 열 달 만에 전화를 했다. 공중전화였다.

"잘 지내니?"

"엄마, 어디야? 엄마 언제 와?"

"엄마도 힘들어."

그자의 가죽 벨트 아래 몸을 공처럼 말아 웅크리고 있던 엄마가 떠올랐다. 그때보다 더 힘든 걸까? '나도 힘들어!' 하고 싶었지만 말이 나오지 않았다. 왜 힘든지 말할 수 없었다. 엄마가 오지 않을 것 같았다. 엄마는 다시 전화하지 않았다.

모텔 복도에서 엘리베이터를 기다리다 민정이와 마주쳤다. 머리를 두 갈래로 따고 교복을 입고 있었는데, 여전히 화장을 진하게 한 얼굴이었다. 그 애는 나를 못 본 척 계단을 타고 내려갔다.

창밖에는 낯선 거리에 매달린 불빛이 물 묻은 먹물처럼 번져 왔다. 저 불빛이 내게는 한 번도 따스하게 느껴진 적이 없었다. 재잘거리며 귀가를 서두르는 발길들, 술 취해 소리치는 사람들, 허리를 굽혀 먹은 걸 토해 놓는 사람들······. 밤은 흐르는 불빛을 찍어 끝없이 그림을 그리고 있었지만 나는 그 풍경 어디에도 들어가 있지 않았다. 저들처럼 돌아갈 집도, 토할 음식도, 소리칠 힘도 없었다.

"야, 김지수! 201호 들어가!"

이제 돈이 떨어지지 않아도 민기는 나를 내몰았다. 칼이 있으면 찌르고 싶었다. 그도 찌르고 나도 찌르고 다 끝내고 싶었다.

"어떻게 이럴 수 있어? 나는 오빠 여잔데, 오빠 여자한테 어떻게 이럴 수 있어?"

"이 오빤 돈이 없으면 안 돼. 다른 생각하지 마. 우리에게 필요한 것은 돈이라는 생각만 해. 얼른 벌어서 방을 구해야 할 거 아냐?"

"그래도 어떻게, 오빠가 사람이야?"

그가 뻘쭘하게 나를 내려다봤다. 그리고는 고개를 끄덕였다.

"오빠 관리할 여자들이 많아. 그동안 너한테 너무 많은 시간을 뺏겼어. 니가 너무 이뻐서 그렇기는 했지만, 뭐 처녀도 아니잖아?"

가슴속으로 칼이 깊숙이 들어왔다. 그 칼이 360도 회전을 했다. 강력한 살의가 뻗쳤다. 어떻게든 칼을 구해야 했다.

그때부터 민기 친구들이 내 주변에 어슬렁거리기 시작했다. 민정이도 그 패거리들 속에 있었다. 갈래머리를 한 민정이는 나를 못 본 척, 제 발밑만 봤다. 그러다가 하늘을 봤다. 지구가 도는 이유를 안다는 듯이. 나도 알 것 같았다. 하늘에서 왜 별들이 사라지고 있는지.

어쩌면 품이 많이 드는 칼보다는 수면제가 더 필요할 것 같았다. 민기를 잠재우든지 내가 아주 잠들어 버리든지…….

그자처럼 막 머리가 벗겨지기 시작한 중년 사내였다. 몸이 작고 마른 것도 그자와 닮았다. 와락 달려들어 옷을 찢을 듯이 벗기는 것도……. 칼을 꺼내 놨어야 하는 건데…… 옷장에 둔 가방까지 갔다 올 틈이 없었다. 바보같이…… 자책과 후회가 밀려왔다.

속옷이 찢어졌다. 더 이상은 참을 수가 없었다. 그럴 필요도 없었다. 몸을 일으켰다.

"놔! 이 나쁜 놈아!"

닥치는 대로 물건을 집어 사내에게 던졌다. 화장품, 헤어드라이기, 물컵, 티슈통……. 사내가 멈칫거리다가 바투 다가왔다.

"저리 가! 이 나쁜 놈아!"

사내는 멈추지 않았다. 이것보라는 듯이 재밌어하는 표정이었다. 물컵을 벽에 쳐서 깨뜨렸다. 사내가 주춤했다.

"나 미성년자야! 내 몸에 손대면 경찰을 부를 거야!"

나는 핸드폰을 들고 소리쳤다. 내 눈을 들여다보던 사내가 후다닥 옷을 챙겨 입고 달아났다. 나는 스르륵 무너져 내렸다. 여기저기 어지럽게 흩어진 물건들 속에 내 알몸이 쓰레기처럼 뒹굴고 있었다. 어디 번제로도 쓸 수 없는 몸이었다. 이제 끝낼 때가 된 것 같았다. 더 이상은 이렇게 눅눅한 몸을 끌고 가고 싶지 않았다. 시간이 얼마 없었다. 사내가 나가는 것을 봤다면 민기 패거리가 들이닥칠지도 몰랐다. 문을 걸어 잠그고 화장대 탁자를 밀어 문을 막았다.

쓸쓸함과 갑작스런 적막을 견딜 수 없어 텔레비전을 켰다. 깔깔거리는 웃음소리가 방 안에 가득 찼다. 가족 시트콤이었다.

가족!

가슴속에서 묵직한 통증이 왔다. 가슴을 쥐어뜯으며 웅크리고 앉아 통증이 지나가기를 기다렸다. 통증의 깊이만큼 내 병이 깊다는 뜻이었다. 텔레비전을 껐다. 이제 내게 없는 것을 가지고 아파할 이유는 없었다. 지옥에서는 가슴의 통증도, 헛된 희망에 기대 상처받을 일도 없을 테니까.

수면제를 입안에 다 털어 넣었다. 꾸역꾸역 한참을 들어갔다. 잠이 덮치기 전에 칼에 힘을 줬다. 뭔가가 몸에서 빠져나가기 시작했다. 슬픔도 아픔도 모욕도 통증도 두려움도 절망도 그리움도 빠져나가고 있었다. 이렇게 다 빠져나가면 될 것 같았다. 그 시간까지는 기다려야 했다. 민기의 얼굴이 잠깐 스쳐 지났다. 그 뿐이었다. 이제 아무 것도 떠오르지 않았다. 더는 떠오르는 사람도 없었다. 그것이 조금 슬펐다. 조금씩 몸이 비어 가고 머리도 비어 갔다. 아직 눈이 감기지는 않았다. 바깥 빛을 한 올도 스미지 않게 하는 커튼, 오래된 텔레비전, 앉은뱅이 냉장고, 내 엉덩이만 한 작고 둥근 유리 탁자, 붙박이 옷걸이, 여기저기 흩어져 나뒹구는 휴지와 깨진 물컵, 헤어 드라이기, 화장품 몇 개, 콘돔과 칫솔과 비닐머리싸개와 일회용 면도기가 들어 있는 반투명비닐백…… 붉은 불빛 아래서 내 마지막을 지켜봐 주는 것들. 그러나 다시 볼 까닭도 없는 풍경들이었다. 눈이 감겼다. 어디선가 변기 물 내리는 소리가 들렸다.

새로 쉼터를 옮겼다. 잊을 만하면 경찰이 찾아왔다. 경찰은 해바라기씨를 씹고 있었다. 볼펜으로 수첩을 툭툭 치며 입안에 든 씨앗을 뱉어 내듯이 물었다. 손가락 사이에 낀 볼펜은 잘 보이지도 않았다.

"미성년자가 왜 모텔에 드나들었지?"

나는 아무 대꾸도 하지 않았다. 할 수도 없었다. 아무 단어도 만들어지지 않았다. 머릿속에 커다란 공동이 생긴 것 같았다. 의사는 후유증 때문이라고 했다. 창밖으로 유리창만 한 여름이 스쳐 지나고 있었다. 가끔씩, 내가 왜 여기 이러고 있나 싶고, 죽음 저편이 더 편안해 보였다.

"이민기와는 어떤 관계지?"

가슴에 통증 같은 것이 일어났다. 나는 아직도 모른다. 민기와 내가 무슨 관계였는지.

"이민기는 지금 어디 있지?"

경찰이 사건 증거물이라고 내 휴대폰을 압수했고, 담임이 새 휴대폰으로 바꿔 줘서 민기의 번호도 모르고, 그가 어디 있는지 뭘 하고 사는지 알 수 없었다.

경찰은 하염없는 눈길로 멍하게 창밖만 내다보고 있는 내 눈을 한참 들여다봤다. 경찰이 볼펜으로 수첩을 두들기는 소리가 빨라졌다. 그가 저승사자라고 할지라도 나는 두려울 게 없었다. 경찰이 수첩을 뒷주머니에 찔러 넣고 나갔다. 걸을 때마다 툭 튀어나와 둑실둑실한 그의 엉덩이가 땅바닥으로 굴러 떨어져 내릴 것 같았다.

"왜 경찰에 말하지 않았어, 민기 얘기?"

"…… 나도 잘 모르겠어요."

담임이 고개를 끄덕였다. 나도 정말 알 수가 없었다. 내가 뭘 원하는지.

방학이 되자 담임은 쉼터에서 살다시피 했다. 말은 시키지 않았다. 책을 읽거나 나를 물끄러미 바라보다 시간 시간 내게 필요하다 싶은 시중을 들었다. 알 수 없는 사람이었다. 아무 것도 아닌 내게 왜 이토록 집착하는지.

"선생님, 무슨 일 있어요?"

불편하다고, 그만 오라는 말을 하기 껄끄러워 물었다. 담임은 고개를 저었다.

"그냥, 니가 걱정이 돼서. 다시는 사고 치게 내버려 두고 싶지 않아서."

담임이 희미하게 웃었다. 나도 따라 웃었다.

"내 얘기 해 줄까?"

담임이 내 눈치를 살폈다. 웅덩이 물처럼 고여 있는 시간을 견디기가 힘들었다. 나는 고개를 끄덕였다. 담임이 심호흡을 했다.

"친척집을 전전할 때마다 힘들었던 것은 눈칫밥도 눈칫밥이지만 밤마다 내 방으로 쳐들어오는 친척 남자들이었어. 어린 사람이나 나이든 어른이나 구별이 없었어. 늦은 밤이거나 새벽이거나 내 방에 들어왔어. 방문을 걸어도, 책상으로 막아도 소용없었어."

담임이 입술을 깨물었다. 담임의 양쪽 귓불에 여전히 칼이 매

달려 있었다. 금빛 칼이었다.

"죽고 싶었어. 살아서 뭐하나 싶기도 하고. 그러다가 칼을 생각했어. 처음에는 멋모르고 당했지만 계속 그럴 수는 없는 것 아니냐고. 더 뻔뻔해지고 더 강해져야 한다고 생각했어. 그렇게 당하고, 그렇게 죽을 수는 없잖아?"

담임이 내 눈을 빤히 쳐다보고 물었다. 담임의 귓불에서 칼이 찰랑거렸다. 금방이라도 금속성을 내며 내게 날아올 것 같았다.

"어느 날 밤, 친척 아저씨가 또 내 방문을 따고 들어와 내 몸을 더듬었어. 일어나 불을 켜고, 이부자리 밑에 두었던 부엌칼을 꺼내 있는 힘껏 책상을 콱 찍었어. 날 죽이라고. 안 그러면 내가 찌르겠다고. 아저씨가 멈칫거렸어. 그럴 용기가 없으면 조용히 나가라고 했어."

담임의 눈이 불에 달군 쇠꼬챙이처럼 벌겋게 달아올랐다. 그 눈에서 불꽃이 일었다.

"그래서 아직 결혼을 못 하나 봐."

담임이 헛헛하게 웃었다. 눈에는 불꽃 대신 슬픔이, 안타까움이 어려 있었다. 나도 모르게 내 눈이 그렁그렁해졌다.

"나는 네가 살 곳이 어디일까 많이 생각해."

담임이 이젠 네 차례 아니냐고 묻듯이 말했다.

"거리일까, 쉼터일까, 집일까?"

거리는 다시 겪고 싶지 않았다. 쉼터는 아무런 현실감이 없고 뿌리가 붕 떠 있는 느낌이었다. 집은, 집이 아니었다. 담임이 뭘 얘기하는지 알았지만 자신이 없었다. 담임은 올 때마다 나를 데리고 쉼터 주변을 산책했다.

"자꾸 걷자. 다리에 힘이 생길 때까지."

담임이 깍지 끼어 잡은 내 손에 힘을 줬다.

담임이 오지 않은 날, 혼자서 거리로 나섰다. 익숙해져야 두려움도 걷어 낼 수 있을 것 같았다. 아직 횡단보도를 건너 보지 못했지만 길 이쪽을 걷고 또 걸었다. 다리에 힘이 들어가도록. 발바닥에 새로 거리의 기억이 새겨지도록. 쇼윈도에 그런 내 모습이 비쳤다. 길 건너 맞은편 쇼윈도에도 내 모습이 비칠 것이었다.

길을 건너고 싶었다. 마침 파란불이었다. 횡단보도로 내려섰다. 그러나 길 중간에서 내 다리가 머뭇거렸다. 신호가 끊기고

차들이 빵빵거렸다. 갑자기 어디로 가야 할지 알 수가 없었다. 다리는 앞으로 갔다 뒤로 갔다 어쩔 줄 모르고 있었다. 그냥 서 있을 수밖에 없었다. 클랙슨 소리와 함께 여기저기서 던지는, 욕이 가득 든 바가지가 내 머리통에 맞고 깨져 내용물이 얼굴로 쏟아져 내렸다. 정신이 화드득 들었다. 손을 들어 차를 세우고 한 걸음 한 걸음 길을 건넜다. 길은 끝없이 이어져서 어딘가로 뻗어 나가고 있었다. 쇼윈도가 없는, 그 길의 끝까지 가 보고 싶었다.

그자가 쉼터로 찾아왔다. 그자는 눈을 어디에 둘지 몰라 허둥 댔다. 나도 뜻밖이어서 허둥거렸다.

"집에 가자!"

그자가 다시 나타나면 칼을 들고 달려들 것 같았는데, 그렇게 되지는 않았다. 나는 주머니에 든 카터를 만지작거리다가 이를 앙다물고 고개를 저었다.

"집에 가자! 내가 너무……."

그자는 뒷말을 잇지 않았다. 아무리 술에 절은 가죽 벨트를 손에 들지 않았다고 해도 그자는 저런 곤혹스런 표정을 짓고, 저렇게 주춤주춤할 사람이 아니었다. 그제서야 나는 담임을 생각했다. 담임이 먼저 칼을 휘둘렀을 것이다. 조용히, 소리 나지 않게.

"잠든 가슴팍에 칼을 꽂고 싶을 때가 많았어. 참느라구 힘들
었다구! 집을 나간 것도 내가 사람을 죽일까 봐, 짐승이라고 죽
일까봐 무서워서 그랬다구!"

내 안에 언제 그런 말이 담겨 있었는지, 어떻게 쏟아져 나왔
는지 알 수 없었다. 눈빛이 흔들리는가 싶더니 그자가 고개를
떨궜다.

"알았다. 그만 가자."

끝내 그자는 뒷말을 잇지 않았다.

"다시는 용서하지 않을 거예요, 다시는."

나는 돌아서서 내 방으로 들어가 주머니에 든 칼로 벽을 그
었다. 칼금이 날카롭게 벽을 채웠다. 날이 부러졌다. 칼날을 밀
어서 긋고 또 그었다. 더 이상 밀어 낼 칼날이 남아 있지 않았
다. 왈칵 눈물이 쏟아졌다. 누군가가 내 머리를 쓰다듬어 줬으
면 싶었다.

숨을 쉬기가 답답해 잠깐 쉼터 밖으로 나갔다. 아스팔트에서

뿜어져 나오는 열기는 더 숨을 막히게 했다.

"너 나 안 보고 싶었어? 난 너 많이 보고 싶었는데."

민기였다. 오래 길목을 지킨 눈치였다. 나를 보자마자 환하게 웃었다. 우리가 손을 잡고 입을 맞추게 한 그 선한 웃음이었다. 왼손엔 아직도 성경책을 들고 있었다. 가슴이 쿵쾅거렸다. 두려움 때문인지 다른 이유 때문인지 알 수가 없었다.

"나 너 많이 보고 싶었다구!"

민기는 사뭇 진지한 표정이었다. 가슴 한쪽이 말랑말랑해지는 것 같았다. 그게 더 겁이 났다. 그에게서 겨드랑이 땀냄새가 풍겨 왔다. 역겨웠다. 나도 모르게 웃음이 터져 나왔다.

"왜 또 팔아먹으려고? 나 말고도 관리할 여자들이 많다며?"

"너만큼 이쁜 애가 어딨냐? 난 너 없으면 안 돼. 가자!"

그가 다급하고 절박한 목소리로 말했다. 왠지 들어 줘야 할 것 같았다. 안 들어 주면 안 될 것 같았다. 그렇지만 내 왼손은 들고 있던 핸드폰 뚜껑을 열었다. 그리고 오른손을 바지 주머니에 넣어 커터를 잡았다.

"가까이 오지 마! 나는 오빠가 누군지 알아. 어떤 놈인지 안다고. 그렇잖아도 경찰이 오빠 잡으려고 매일 내게 물어. 잘 됐네.

제 발로 찾아왔으니. 내가 이 단축 번호를 누르면, 경찰이 여기 쫙 깔릴 거야. 머리는 좋은 사람이니까 잘 알겠지? 물러나면 나도 깨끗이 정리할게. 어떡할래?"

"이런 쌍!"

민기가 길바닥에 누워 있는 커피 깡통을 발로 찼다. 깡통이 핑그르르 돌며 남아 있던 커피 몇 줄기가 오줌처럼 흘러나왔다.

"쌍년, 너 날 배신하고 살 수 있을 것 같아?"

배신? 나는 그 수많은 고사성어가 왜 만들어졌는지 비로소 알 것 같았다.

"너나 잘 살아! 허공에다 대고 피아노 치든지 폼 잡고 계속 성경이나 외우든지. 비겁하게 동생 같은 애들 등쳐먹고 수갑 차지 말고. 넌 그게 얼마나 나쁜 짓인지, 얼마나 큰 죄인지 모르지?"

"조심해라!"

"너야말로 조심해. 나도 이제 무서운 게 없는 사람이야. 지옥까지 갔다 온 사람이라고! 한 번만 더 날 괴롭히면 나도 끝장을 낼 거야."

그가 뒤돌아서며 팔을 들어 가운뎃손가락을 치켜들었다. 핸드폰 뚜껑을 닫고 카터를 주머니 안에 내려놓았다. 멍했다. 내가 무슨 일을 했는지 알 수가 없었다. 민기가 잘못했다고 빌었으면 어떻게 됐을까? 또 그를 따라 나섰을까? 그 다음엔? 가슴이 서늘해졌다. 동시에 쾌감 같은 것이 가슴 속에서 솟구쳤다. 살면서 처음 느껴보는 감정이었다. 내 자신에게 박수를 쳐 주고 싶었다. 내 머리를 쓰다듬어 주고 싶었다. 이제 내 품에도 칼이 장착되어 있었다. 내 마음 속에도 날카롭고 둔중한 게 몇 자루 더 있었다. 죽음 저편에서 습득한 것들이었다.

저만치 집이 보였다. 손가락 사이가 미끈거리고 등판으로 땀방울이 자꾸 굴러 떨어졌다. 서성이다 뒤를 돌아봤다. 온 길이 아득했다.

문은 잠겨 있었다. 비밀번호는 그대로였다. 문을 열기 전에 칼을 꺼내 현관문 위쪽에 내 마음을 새겼다. 페인트가 깊게 패여 날카롭고 단단한 칼이 거기 생겼다. 시간이 지나면 저 칼은 녹이 슬어 더 선명하게 날을 벼릴 것이다. 나는 문을 열었다. 오래 묵은 냄새들이 달려 나와 얼굴을 할켰다. 냄새에는 내 공포가, 두려움과 슬픔이, 막막함이 묻어 있었다. 칼은 저 냄새들을 쳐내는 데도 필요하리라. 나는 현관 안으로 들어섰다. 그리고 창문을 열었다.

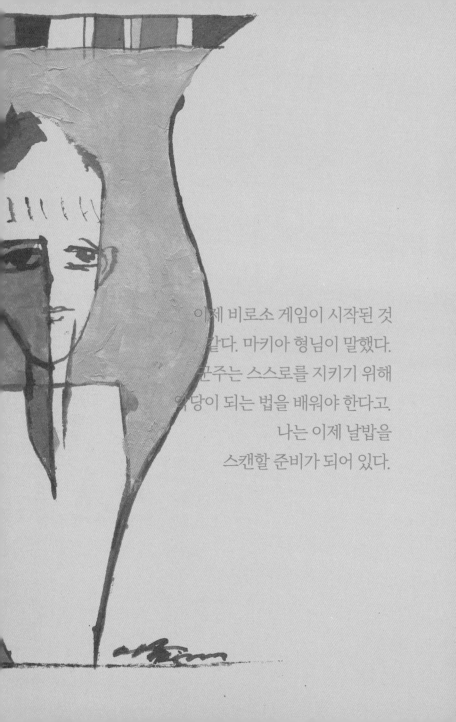

이제 비로소 게임이 시작된 것
같다. 마키아 형님이 말했다.
군주는 스스로를 지키기 위해
악당이 되는 법을 배워야 한다고.
나는 이제 날밥을
스캔할 준비가 되어 있다.

창가 맨 앞자리에 앉은 땅콩 준수는 오늘도 머리를 빗고 있다. 살이 가늘고 촘촘한 주홍색 꼬리빗이 물을 발라 놓은 녀석의 누런 머릿결에 끝없이 오르내린다. 커튼 틈새로 들어온 1교시 아침 햇살이 반들반들한 녀석의 머릿결에서 미끄럼을 탄다. 녀석은 손을 바꿔 가며 쉬지 않고 머리를 빗는다. 제 머리칼을 괴롭히기로 작정한 녀석처럼.

　물백묵을 연필처럼 쥐고 칠판에 문제를 풀어 나가던 수학이 흘끔흘끔 쳐다보며 눈치를 줘보지만 소용없다. 녀석은 지금 수학 밖에 있으니까. 수학도 그걸 알기 때문에 못마땅해도 건드리지 않는다. 녀석에게 지금은 수학할 시간이 아닌, 빗질할 시간이

므로. 루소 형님이 말했던가. 교육이란 그 아이가 갖고 있는 특성, 자연이 준 능력을 계발시키는 것이라고. 지금 수학은 그 명제에 충실하고 있다. 속에서 치미는 비교육적 관성을 인내하면서. 역시 선생은 뭐가 달라도 다르다.

복도쪽 맨 앞에 앉은 신제는 책을 펴놓기는 하지만 눈동자에서 초점이 사라진 지 오래다. 그냥 한 시간 내내 멍하게 앉아 있다. 대단한 내공이다. 해 본 사람은 안다. 몸 움직임을 최소화한 채 아무 것도 안 하고 앉아있는 것이 보통 경지가 아니라는 것을. 그러다가 녀석은 고개를 툭 떨어뜨려 다른 세계로 건너간다. 선생이 깨워 놓으면 다시 멍하게 앉아 있다가 슬쩍 고개를 떨군다. 그 동작이 너무 부드럽고 자연스럽다. 저걸 시간마다 하루종일 할 수 있는 경지를 따라갈 놈은 없을 것이다. 선방이라면 모를까 적어도 우리 학교에는.

담임이 자리 배치를 할 때 두 녀석을 혼자만 앉는 양날개의 머리에 둔 것은 녀석들이 딴 놈들과 장난치지 못하도록, 과목 담당 교사들이 관심을 갖고 들여다보도록 하기 위한 교육지책이었다. 두 녀석이 워낙 눈에 띄고 하는 짓이 눈부시다 보니 다른 친구들이 하는 짓은 웬만큼 해서는 보이지도 않는다. 선생이 판서

하기 위해 등을 돌리면 몇몇 녀석은 카톡을 하거나 웹서핑을 하고 게임을 한다. 깡이 센 놈들은 머리카락 사이로 이어폰을 끼고 야동을 보기도 한다. 선생이 설명하기 위해 고개를 돌리는 순간, 폰은 책 밑이나 소맷부리 속으로 들어가고 동작은 자연스럽게 필기 모드로 변환된다. 요즘 들어서는 일부 계집애들도 그 대열에 동참하고 있다. 바야흐로 시장이 넓어지고 있는 것이다.

내 취미는 녀석들이 갖고 있는 저마다의 습관과 취향을 살피고 녀석들의 머릿속을 들여다보는 일이다. 이른바 스캔이다. 그런데 다른 녀석들과는 달리 준수와 신제의 머릿속은 뭐가 들어 있는지 알 수가 없다. 패를 노출시키지 않기 때문이다. 이를테면 단서가 없다. 그만큼 단수가 높다고 할까? 아니면 너무 헝클어져서 탐지할 수 없는 것이든지. 그러니까 쟤네들은 내 취미생활을 심히 방해하고 있는 셈이다. 게다가 녀석들은 아직도 게임이 잘 안 돌아 버벅거리는 저가폰을 쓰고 있다. 천하에 도움이 안 되는 놈들이다.

수업 끝종이 치면 몇몇 녀석들의 책은 순식간에 책상 속으로 들어가고 그 안에 있던 스마트폰이 대신 나와 책상을 점령한다. 수학은 마지막 문제를 설명하고 있는 중이지만 녀석들은 아랑곳하지 않는다. 쉬는 시간은 1초도 아까운 내 시간인데 간섭하지 말라는 투다. 그런 녀석들을 멍하게 쳐다보다 수학은 책을 덮는다. 수학의 눈이 잠깐 슬픔에 잠긴다. 무시당했다고 생각하는 걸까? 학원 하다 망해서 기간제 교사로 왔다는 수학은 큰 키마저, 이마에 잡힌 주름마저 슬프다. 그렇지만 두루두루 바람직한 현상이다. 질서가 재편되는 데는 진통이 따르는 것이니까. 못마땅해도 교사는 학생을 존중하고 학생은 자기 권리를 찾고, 나는 변화되어 가는 녀석들의 머릿속을 새로운 각도에서 들여다볼 수 있으니까.

소심한 녀석들은 수학이 교실 앞문을 나서거나 적어도 책을 덮기를 기다려 폰을 꺼낸다. 스마트한 녀석들이다. 세상에는 저렇게 예의를 알고 어른을 존중할 줄 아는 녀석들도 있다.

종현이는 아이폰6로 아스팔트를 한다. 눈이 나쁜 녀석은 폰을 거의 눈에 대고 한다. 람보르기니를 사서 신나게 레이스를 펼친다. 녀석은 생긴 것과 달리 제법 놀 줄을 안다. 아이폰은 터치감은 좋은데 화면이 작다. 제 눈을 위해서라도 녀석은 폰을 바꿔야 한다. 승욱이는 템플린을 한다. 기종은 요즘 싸게 풀린 베가 아이언2다. 원하는 인간 캐릭터를 사서 장애물을 피해 신나게 달린다. 뚱뚱해서 운동장에 나가는 것을 끔찍하게 싫어하는 녀석이 장애물 넘기는 미친 듯이 한다. 은지는 그 좋은 갤노트4 엣지로 슈퍼마리오를 한다. 스테이지를 넘는 속도가 제법이다. 손놀림이 자연스러운 것으로 봐서 가능성이 있어 보인다. 주섭이는 G3로 노바를 한다. 확보한 아이템이 여럿인 것으로 보아 제법 수준이 높다. 끝없이 게릴라전을 펼치며 메탈리언들을 죽이고 있다.

수업 시작종이 쳤다. 키 작은 곱슬머리, 국어다. 계집애처럼 곱상하게 생겼지만 제법 깐깐하다. 국어는 들어오자마자 스크린에 시 한 편을 띄우고 낭송한다.

너에게 묻는다*

연탄재 함부로 발로 차지 마라

---

* 안도현의 시

너는

누구에게 한 번이라도 뜨거운 사람이었느냐

생긴 것과 달리 울림이 있는 목소리다. 마치 내게 묻는 것처럼 들린다.

"이 시에서 무엇을 느꼈는지 자연스럽게 말해 볼래?"

주섭이는 아직도 앞에 앉은 현수의 등에 G3를 기대놓고 메탈 리언을 죽이는 데 몰두하고 있다. 저 녀석은 머릿속에 게임과 주먹밖에 안 들어 있다. 초등학교 때부터 축구를 하고 한 주먹 하던 터라 일진 선배들이 끌어들이려고 애썼지만 자기는 독고다이라고 끝내 혼자 노는 녀석이다. 선배들뿐 아니라 누구도 터치할 수 없기 때문에 제가 하고 싶은 대로 한다. 걸리적거리는 것은 주먹으로 해치우고.

채은, 수항, 인호…… 공부에 인생을 건 다섯 명은 똘망똘망한 눈으로 국어를 쳐다보고 있다. 마약을 빨 듯 그의 말을 흡입한다. 그 아래 다섯 명은 어정쩡한 태도로 듣고 있다. 듣자니 괴롭고 안 듣자니 더 괴롭고. 국어의 눈을 피해 지우개밥을 뭉쳐서 여기저기 던지거나 가끔씩 짝의 손등을 샤프심으로 찍어 가며 단조로움을 견디지만 오래 가지는 않는다. 그 밑 중간 열 명쯤은 듣는 말보다 흘리는 말이 더 많다. 기회만 오면 언제든 다른 놀이로 달려갈 준비가 되어있다. 그 아래 언저리에 있는 다섯 명은 듣고 싶어도 들리지 않아 고통을 겪고 있다. 무슨 말인지 도무지 알 수 없어 제풀에 지쳐 가고 있다. 마음은 착해 장난도 못치고 시험을 통해 성적으로 표현한다. 준수, 신제 등 나머지 다섯 명은 내놓고 논다. 혼나도 노염도 타지 않는다. 그냥 자신들은 여기 갇혀 있을 인물이 아닌데 부모의 열망을 저버릴 수 없어 앉아 있을 뿐이라는 의사 표현을 얼굴에 바르고 다닌다. 책은 있는지 없는지 자신도 모르고 필기 도구는 당연히 없다. 틈만 나면 가까이 있는 친구의 펜을 뺏어 아무 데나 낙서를 하거나 만화를 그린다. 타고난 화가들이다. 나는 어정쩡한 편에 속한다. 멋모르던 1학년 때 전교3등도 해 봤지만 공부라는 게 싫다. 바보 같은 짓 같기도 하고, 바보가 되는 짓 같기도 하고. 왜 여기 앉아 있냐고? 가출도 해 봤지만 우리가 갈 데가 어디 있는가? 나는 그냥 이 풍경을 즐기고, 저 녀석들 머릿속을 헤집어 보는 게 좋다. 시간마다 바뀌 들어오는 선생들 머릿속을 스캔하는 것도 좋고. 그래야 시간이 빨리 가지 않겠는가?

"선생님, 제 게임하고 있어요. 혼내 주세요."

갑자기 땅콩 준수가 국어에게 소리친다. 준수의 가느다란 손가락이 현수를 가리키고 있다. 현수의 얼굴이 벌겋게 달아오른다. 놀란 주섭이가 슬그머니 폰을 소맷부리 속으로 집어넣는다. 녀석은 아직 책도 펴지 않은 채다. 시 해설을 하던 국어가 현수를 빤히 쳐다본다.

"으으웅우!"

현수 녀석이 다급하게 외쳐 보지만 이빨 교정기를 끼고 있어 무슨 말인지 알아들을 수가 없다. 고개를 떨궜던 신제까지 시선을 현수에게 모은다. 눈을 크게 뜨고 두 손바닥을 펼쳐 보이며 고개를 젓던 현수가 고릴라처럼 제 가슴을 친다.

"수업 시간에 게임하면 안 되지. 준수는 다른 사람 신경 쓰지 말고 수업에 집중해라."

팽팽했던 긴장의 끈이 느슨해진다. 재미를 못 본 준수는 수학책을 펴놓고 지우개밥을 엄지와 검지에 대고 비빈다. 30분이 지나도 녀석은 멈추지 않는다. 꼬리빗은 형광물질이 발라진 꼬리 부분의 노랑줄 빗살무늬를 반짝이며 녀석의 머리칼 속에 비스듬히 꽂혀 있다.

"준수, 그만하고 이제 선생님 말 들어라!"

"그래서 어쩌라구!?"

준수가 갑자기 소리를 빽 지른다. 녀석의 눈은 흰자로 뒤집혀 있다. 국어가 벌린 입을 다물지 못한다.

"그래서 뭐가 달라지는데?"

전혀 들은 바가 없는 앙칼진 여자애 목소리가 녀석의 입에서 쏟아져 나온다. 녀석은 부들부들 떨고 있다. 꼭 공수를 전하는 무당 같다.

"알았다, 알았다!"

국어는 손을 까불어 녀석을 가라앉히려고 애쓴다. 곱슬머리를 빠져나온 땀방울 몇 개가 국어의 이마를 지나 볼을 타고 흘러 카키색 셔츠를 적신다. 셔츠의 색깔이 그 부분만 진해진다.

인간은 자신이 두려워하는 사람보다 자신을 사랑하는 사람을 해코지한다. 마키아 형님의 말씀이다. 역시 만고의 진리다.

"시는 이렇게 자신의 경험을 통해 이해하고, 자신의 가슴에 느껴지는 대로 감상하면 됩니다."

국어는 떨리는 목소리를 간신히 수습한다. 이제 누구도 준수를 건드리지 못할 것이다. 주섭이마저도. 이 모든 것이 계산된 것일까, 우발적인 것일까? 도대체 저 땅콩만 한 녀석의 머릿속에는 뭐가 들어 있을까?

3교시 체육시간에 진석이 녀석이 마침내 생활지도부장 날밥에게 걸렸다. 다른 애들 배구 토스 연습하는데 현수녀석 꼬추를 만지다가 걸린 것이다. 짜식은 요즘 꼬추에 꽂혔다. 학기 초 종구 꼬추 크다고 놀려서 학급이 발칵 뒤집어진 적이 있었다. 녀석은 종구만 보면 제 사타구니에 주먹 쥔 팔을 뻗어 아래위로 흔들었다. 키득거리던 여학생들까지 와아하고 웃었다. 종구가 학교 못 다니겠다고 가방을 들고 집에 가 버렸다. 종구 엄마가 학교에 와서 난리를 쳤다. 녀석은 그냥 장난했을 뿐이라고 했다. 실제로 커서 크다고 했다고. 왜 안 크겠는가? 중학교 2학년이 키가 185센티미터, 몸무게가 80킬로그램이나 나가는데. 저 자식은 항상 그 장난이 문제다. 저는 장난이라고, 재밌다고 하는데, 당하는 놈은 괴로운 것을! 녀석은 애들 재밌어라 하는 장난에 개구리 죽는 것을 모른다. 하긴 그렇게 심오한 이치를 깨쳤다면 저러고 살겠는가?

날밥은 진석을 불러 현수에게 물으라고 했다.

"아유 오케이. 유아 오케이?"

현수가 고개를 세차게 흔들었다.

"네, 이놈! 네 놈은 이 애가 원하지 않는 성추행을 했다. 이 애가 문제 삼으면, 가해자와 피해자가 한 공간에 있어서는 안 된다는 규칙에 따라 너는 전학을 가야 한다. 계속할 텐가?"

사색이 된 녀석이 날밥과 현수에게 잘못했다고 빈다. 역시 날밥이다. 오래 끌지 않고 단칼에 정리한다. 스마트하다. 거기다 자비심까지 보이고. 군주는 자비심을 갖출 필요는 없지만 자비심이 있는 것처럼 보일 필요가 있다고 역시 마키아 형님이 말했다. 아무래도 날밥은 마키아 형님을 사사한 것 같다.

언제부터 날밥이었는지는 모른다. 선배들이 그렇게 부르니까 따라 부른다. 그 옛날 '날으는 전자밥통'에서 유래했다는 설이 있다. 허리가 없는 통나무지만 유도를 해서 동작이 워낙 빨라 수업 시간에 신관 옆에 붙은 교문으로 땡까는 놈을 본관 4층 교실에서 뛰어내려와 잡았다는 전설이 전하기도 하고, 생활지도부 교무실에서 칼을 들고 덤비는 일진 짱을 손날로 칼을 쳐내고 전광석화 같은 업어치기 한 판으로 제압했다는 또 다른 전설이 널리 퍼져 있다. 무엇보다 질질 끌면서 괴롭히지 않고 단칼에 처단하는 것이 보기에도 좋았다. 그래서 그런지 제법 팬이 많다. 교사가 폭력을 써도 추종자가 있다는 게 신기하지만 그게 세상이치임에랴. 어떤 때는 사자의 힘을 사용하고 어떤 때는 여우의 꾀를 써도 인간은 단순해서 한 면만 보는 것을. 날밥은 우리가 이 학교에 들어온 첫날, 신입생 환영식장에서 스스로를 에이즈라고 했다. 걸리면 죽는다는 사족을 덧붙이면서.

날밥에게 싹싹 빌어 풀려났지만 진석이 녀석은 멈추지 않는다. 체육 시간 끝종이 치고 인원 점검을 마친 날밥이 등을 돌려 교무실로 가는 것을 보고 신관 뒤편 담을 넘어 밖으로 날랐다. 아이스크림 사먹으러 간 것이다. 녀석에게 규칙은 어기라고 존재한다. 교실 뒤에서 축구를 하다 제 놈이 찬 축구공에 맞아 지민이 눈탱이가 밤탱이가 됐다. 담임이 교실에서 축구한 놈들 다 교무실로 내려오라고 했다. 녀석은 현수를 윽박질러 대신 내려보내고 저는 빠졌다. 현수의 약점을 잡고 협박한 것이다. 매사가 그런 식이다. 급식을 탈 때 한 번도 줄을 선 적이 없다. 종 치기도 전에 몰래 빠져나가 맨 앞에 서 있거나 적당히 끼어들어 새치기를 해서 먼저 탄다. 그리고 밥과 반찬을 입안에 넣고 우물거리며 다시 줄을 서 두 번씩 탄다. 꼼수와 잔머리 겨루기대회가 있다면 챔피언은 당연히 저 놈 것이다. 쫌 아쉽다. 학교에서 저 놈의 특기를 살려 줘야 하는데. 대학에 꼼수잔머리과가 있으면 수석은 저 놈 것일 텐데. 하긴 뭐 아쉬울 것도 없겠다. 학교가 그의 서식지이고 활동 무대니까. 더 크고 더 넓은 무대로 나가기 위해 기예를 닦고 몸과 맘을 수련하는 곳이니까. 보다 못한 담임이 인간에게는 품위라는 게 있고 그것이 왜 필요한지를 얘기했다. 녀석은 그 말 들은 것을 자랑하고 다녔다. 한마디로 부끄러움을 모르는 녀석이다. 그러니 담임인들 무슨 방법이 있겠는가.

어쩌면 녀석과 날밥은 잘 어울릴 것도 같다. 먹고 먹히면서도 서로 기대어 생태계를 유지시키는 천적처럼. 날밥이 녀석의 수에 쫌 밀릴 것 같기도 하지만.

"내 폰?"

"어, 내꺼두!"

"어, 내꺼두 없는데?"

먼저 교실문을 열고 들어간 애들의 얼굴이 하얗게 질려 허둥

대고 있다. 체육 시간, 교실이 빈 사이에 털린 것이다. 다른 건 손도 안 대고 최신형 스마트폰만 걸어 갔다. 내 스마트폰도 없어졌다. 무려 열세 개가 털렸다. 앞뒷문과 창문을 잠갔지만 창문은 흔들면 열리기도 한다. 열쇠를 가진 주번이 늦게 오면 성마른 애들이 창문을 흔들어 열고 들어가곤 했는데, 그걸 알고 들어온 것이다. 복도에는 그 흔한 CCTV도 없다.

폰을 털린 애들은 제 가방을 뒤집어 흔들어 보거나 책상과 사물함 물건들을 다 꺼내놓고 찾다가 책을 집어던진다.

"아이, 씨팔 어떤 새끼야?"

주섭이놈은 벗어 두고 간 제 교복 주머니를 뒤지다가 교복을 마구 뭉쳐 쓰레기통에 던져 버린다. 나도 당장 불편하다. 수업 시간 틈틈이 갖고 놀 장난감이 사라져 버린 것이다.

분위기가 험악하니 피해가 없는 애들도 긴장한 티가 뚜렷하다. 몸에 지녀 피해를 면한 진석이놈만 제 기쁨을 감추지 못하고 있다.

4교시는 도덕, 담임 시간이다. 담임 얼굴도 핏기가 가셔 있다.

"2학년에서만 벌써 세 번째다. 이번엔 그냥 안 넘어간다. 반드시 잡고 말 테니까, 불편해도 죄매만 기다려라."

담임이 입술을 깨문다. 그러나 담임은 결코 찾아내지 못할 것이다. 도난 사건 해결은 실력과 의지다. 그것을 뒷받침할 머리와 끈기도 있어야 하고, 입술을 깨문다고 되는 일이 아니다. 담임은 그걸 모를 것이다. 아니면 자신의 실력을 알면서도 우선 애들을 다독이기 위해 말을 앞세우는 것이든지.

"뉴스를 본 사람은 알겠지만, 이달 말에 전국학력고사를 치른다는 공문이 왔다. 도대체 이 정부는 와 전국의 학생들을 성적순으로 줄 세우지 몬해 안달하노? 와 자꾸 학생들을 닦달하고 경쟁을 부추기노 말이다. 느그들이 겪는 고통, 느그들이 만들어 갈 세상의 모습을 한 번만이라도 생각하고 그런 정책을 밀어붙이는지 정말 모르겠다. 나는 일제고사 실시를 반대한다. 느그들도 느그들이 원하는 선택을 했으마 좋겠제?"

그러나 나는 안다. 담임이 그저 울분을 토하고 있다는 것을. 그래서 평소에는 쓰지 않는 사투리가 튀어나오고 있다는 것을. 일제고사를 볼 것인지 말 것인지 그 선택권이 학부모와 학생에게 있다고 일러 준 선생이 잘리는 판에 담임의 간 크기로는 끝까지 밀고 나가지 못할 것이다. 때가 되면 고개를 수그리고 시험지 들고 교실에 들어올 것이다. 내신 점수와 상관없으니까 신경 쓰지 말라고 하면서. 담임 말대로 도대체 그런 시험을 왜 보는지 모르겠다. 그 많은 돈과 스캔하기도 아까운 시간 쳐들여서. 있는 게 돈과 시간과 경쟁심밖에 없는 사람들일까?

"개인의 모든 활동은 민족이나 국가 같은 전체의 존립과 발전을 위해서 존재한다고 믿고 개인의 자유를 억압하는 전체주의는 결국……."

담임은 어느새 도덕으로 돌아가고 있다. 담임은 일제고사 실시는 전체주의의 발로라고 보고 전체주의를 설명하기 위해 끌어들인 것인지도 모르겠다. 자연스럽게 이해하도록. 담임이 머리가 좋은 것인가, 우연의 일치인가? 어떨 땐 담임도 스캔이 안 될 때가 있다. 스캔이 안 되면 졸립다.

나는 엄마가 운전하는 차를 타고 엄마 옆자리에 앉아 어딘가로 가고 있다.

"이상하다. 앞차가 안 보이네!"

엄마는 가속 페달을 밟는다. 창밖 풍경이, 내가 좋아하는 옆반 현지가 잠깐 사이에 휙휙 지나간다. 숨이 답답해진다. 나는 견딜 수 없어 비명을 지른다.

"조금만 참아! 목적지에 도착할 때까지."

"거기가 어딘데?"

"나도 몰라. 가 보면 알겠지."

엄마는 가속 페달에서 발을 떼지 않는다. 아버지는 그런 엄마에게, 겁에 질려 구토가 밀려 나오는 내게 박수를 치고 있다. 그런데 아무리 달려도 목적지가 나오지 않는다.

"이 길이 맞나?"

엄마가 고개를 갸우뚱거린다. 그러면서도 가속 페달을 밟은 발을 떼지 않는다. 아버지는 여전히 등 뒤에서 박수를 치고 있다. 박수소리가 점점 커진다. 그 소리에 나는 깬다.

"그러니까 돈이 없어 병을 치료하지 못하는 사람들이 도덕심 높은 의사들이 치료비를 안 받거나 싼값에 치료해 주는 걸 기대할 수도 있다. 그러나 그것은 근본적인 해결책이 아니다. 근본적인 해결책은……."

생생하다. 도대체 내가 무슨 짓을 하고 있단 말인가. 어디로 가고 있단 말인가?

"아, 씨팔! 어떤 새끼가 이렇게 해 놨어?"

오늘도 여전히 급식을 두 번 타서 먹고 운동장에서 축구하다 들어온 진석이놈이 농약 먹은 개처럼 날뛰고 있다. 남들 다 교실에 두고 가는 체육 시간에도 몸에 지녀 털리지 않은 녀석의 옵티머스 G 프로 액정이 박살나 있다.

"아 씨팔, 어떤 새끼야? 담임은 도대체 뭐하는 거야?"

누구도 녀석 가까이 기웃거리지 않는다. 눈도 마주치려고 하지 않는다. 어떤 덤터기를 쓰고 어떤 꼼수에 당할지 모르기 때문이다. 그러게 녀석도 이제 깨달아야 한다. 잔머리와 꼼수로 해결되지 않는 것도 있다는 것을. 남의 고통을 즐기면 후환이 있다는 것을. 원한이 쌓이면 복수가 따른다는 것을. 제발 녀석이 깨달았으면 좋겠다. 그러나 녀석에겐 그럴 가망이 없다. 불쌍한 녀석!

5교시 시작종이 쳤는데 7반 기태가 우리반 교실을 기웃거린다. 불안한 눈빛이다. 지난 봄, 같이 땡땡이까고 가출한 뒤부터 부쩍 친해져서 학원도 같이 다니는 친구지만 집에 갈 때 말고 수업중에 만나거나 서로의 교실을 기웃거리는 일은 없었는데 별일이다.

"시바, 좆나 웃겨! 노래방 뛰어서 자식새끼 학원비 대면 그 새끼가 출세할 거 같냐? 지가 무슨 한석봉 엄마라고!"

기태 엄마는 갑상선을 앓으면서도 노래방 알바하며 기태 학원비를 댄다. 녀석은 그걸 못 견뎌한다. 녀석이 못 견디는 건 그런 제 엄마의 행동이 아니라, 그런 엄마가 제 엄마라는 사실 아닐까?

"그래도 니 엄마는 솔직하잖아? 안 그런 척하면서 푸시하는 건 어떻고?"

"니 엄마는 고상하잖아! 고상한 사람은 봐 줘야 하는 거 아냐?"

역시 문제는 녀석의 열등의식이다. 엄마는 안 그런 척, 그렇게 하지 않을 수 없도록 압박한다.

"공부는 스스로 하는 거야."

말은 그렇게 하면서 온갖 학원은 다 보낸다. '국영수과'도 부족해 고전은 어릴 때부터 섭렵해야 한다고 독서논술학원까지 보낸다. 거기서 과제로 내주는 책들을 읽어 내는 것도 고역이다. 에밀은 뭐고, 군주론은 뭐고, 리바이어던은 다 뭐란 말인가? 그야말로 내가 리바이어던이 될 판이다. 이게 무슨 게임도 아니고.

그게 고상한 걸까?

"너는 능력이 있잖니? 어렸을 때부터 책을 좋아하고 어려운 내용도 잘 이해하는 특출한 능력이! 니 재능을 제대로 살려야지?"

엄마가 입에 달고 있는 말이다. 어렸을 때 책 몇 권 읽은 걸 가지고 엄마는 내가 무슨 천재라도 되는 줄 알고 있다. 인간은 모두 착각과 망상 속에 산다더니, 엄마는 언제 철이 들까? 언제 현실을 알 수 있을까?

아버지는 별 말이 없다. 못마땅한 일이 있으면 눈을 가늘게 뜨고 째려보다 고개를 돌리고 만다. 아, 잘난 마교수, 재수 없는 마교수.

"시바 좆나 불안한가 봐!"

기태는 만나기만 하면 시벌거린다. 역시 불안이 문제인가? 불안하면 다 저렇게 하는가?

나는 그냥 자리에 앉아 기태 녀석에게 손을 흔들어 준다. 녀석이 고개를 끄덕이며 창가를 떠난다.

5교시는 영어다. 영어는 수업은 않고 설문지를 돌린다.

"너희도 당해서 알다시피 도난 사고가 빈번하다."

올백으로 넘긴 영어의 머리에서 기름이 흘러나올 것 같다. 하는 말이 사리가 분명하고 틈이 없다. 재수 없게 생겼지만 계집애들은 좋아한다. 벤자민 워커를 닮았다나 어쨌다나.

"생활지도부에서 이번에는 반드시 뿌리 뽑겠다고 한다. 그래서 5교시에는 전교생을 상대로 설문을 실시한다. 또 다른 피해를 막고 일을 저지른 친구들이 더 이상 죄를 짓지 않도록, 우리 모두 즐겁게 학교생활 할 수 있도록 의지를 갖고 해 주기 바란다."

설문은 아주 구체적이다. 학교에서 핸드폰 잃어버린 경험이 있는 사람, 친구가 잃어버린 것을 다른 누군가가 쓰는 것을 본 사람, 3교시에 교실에 안 들어오거나 활동을 같이 하지 않은 친구 적어 내기까지. 제법이다. 내 예상이 틀린 건가? 어쩌면 해결할 수 있겠단 생각이 든다. 사자의 힘과 여우의 꾀를 가진 날밥이 팔을 걷어붙이고 나섰다면 가능한 일인지도 모른다.

6교시에는 3교시 수업 안 들어왔던 모든 애들이 생활지도부로 불려갔다. 내 친구 7반 기태와 9반 상철이도 불려갔다. 녀석들의 인생이 출렁거리는 소리가 들린다. 뭐, 그렇다고 쉽게 당할 녀석들이 아니다.

"3교시 어디서 뭐 했냐구 묻더라구."

집에 가는 길에 만난 기태와 상철이는 의기양양하다.

"그래서?"

"화장실에서 담배 폈다구 했지. 분위기가 험악하기도 하고 담배 핀 건 사실이니까."

"그러니까?"

"금연침 맞고 확인서 받아오래."

"제법이다, 니들!"

우리는 하이파이브를 한다. 요즘같이 험악한 분위기 속에서는 이유가 있든 없든 날밥한테 걸리면 죽음인데, 어렵지 않게 그 에이즈한테서 빠져나온 녀석들이 기특하다. 날밥의 성향에 맞춰 흡연 사실을 순순히 불었기 때문일 것이다.

며칠 동안 학교가 조용하다. 담임도 수업 시간에 들어온 날밥도 별 말이 없다. 폰을 잃어버린 애들만 금단 증상으로 수선스럽다. 수업 시간마다 걸려 혼쭐이 난다. 한 놈이 걸리면 다른 놈이, 두더지처럼 일어난다. 준수나 신제보다 한 술 더 뜬다. 몸살을 넘어 거의 발작 수준이다. 그 사이 깨진 액정을 바꾼 진석이 녀석이 다시 사고를 쳤다. 속바지를 입지 않은 여학생들만 골라 제 폰으로 치맛속을 찍은 것이다. 그것도 혼자 보지 않고 다른 놈들에게 관람료를 받고 보여 줬다가 들통이 났다. 녀석은 생활지도부에 끌려가 수업 시간에도 교실에 들어오지 못한다.

드디어 담임이 입을 열었다.

"지금 한 학생이 생활지도부에서 조사를 받고 있다. 현재까지 열 개 정도는 행방을 찾은 것 같다. 생활지도부장쌤에 따르면 그 중 한 개는 몽골에 가 있다고 한다."

애들은 박수를 치고 책상을 두드린다. '날~밥민국'을 외치는 놈도 있다.

"여죄를 추궁하고 있으니까 곧 다 밝혀질 것이다. 어쨌든 훔친 학생은 생활지도부에서 처벌을 하고, 피해 학생들에게 현금 변상을 시킬 것이다. 학원에서 밤늦게 귀가하느라 안전의 문제가 있는 등 폰 사용이 시급한 학생들은 미리 폰을 구입해도 된다."

"퇴학시켜야 돼요!"

"중학교에서 퇴학이 어딨냔 마. 기껏해야 강제 전학이지."

애들은 폰을 잃어버렸을 때보다 더 흥분해서 날뛴다. 뭔가 아귀가 맞지 않는다. 세 번씩이나 털렸는데, 겨우 열 개 정도의 행방을 확인하고 변상 운운하다니. 그냥 슬쩍 넘어가려고 하는 건가?

"날밥도 별수 없네!"

점심시간에 만난 기태가 조금은 실망한 듯이 말한다. 녀석의 입꼬리에서 묘한 쾌감 같은 것이 스쳐지나 가는 것도 같다.

생활지도부에 끌려간 진석이 녀석도 밥은 교실에서 먹는다. 풀이 죽은 녀석은 이제 급식을 한 번만 받는다. 녀석의 가방에서 압수된 외장하드엔 온갖 야동과 몰카 영상으로 가득 차 있었다.

다시 일주일이 지났다. 인터넷에서 성능 좋은 최신 중고 스마트폰을 싼값에 살 수 있다는 소문이 떠돌았다. 사이트 주소를 확보한 주섭이 녀석이 먼저 제가 쓰던 기종과 같은 G3를 들고 나타났다. 녀석은 다시 이전의 주섭으로 돌아가 차분하게 게임에 몰두한다. 다른 녀석들도 주섭을 채근해 사이트 주소를 확보했다. 나도 쓰던 갤럭시 S5를 다시 구했다. 이제 교실은 이전의 평온을 되찾아간다.

한 번 겪어서인지 녀석들은 좀체 폰을 손에서 떼놓지 않는다. 항상 몸에 지니고 수업 시간에도 아예 책상 위에 올려놓고 눈치 봐서 즐기거나 종이 땡 치면 집어 드는 녀석들이 늘어간다.

녀석들은 학력고사 시간에도 폰을 책상에 놓고 본다. 시험 시간에 핸드폰이나 전자기기 소지자는 컨닝 행위로 간주한다는 방송이 들려도 소용이 없다. 폰은 이미 학용품이자 일용할 양식이다. 누가 간섭한다고 해서 몸에서 쉽게 떨어져 나갈 물건이 아니다. 자본주의가 이래서 좋다. 수요만 있으면 끝없이 재화가 창출되니까. 물결을 이루면 누구도 막을 수 없으니까.

그런데 어쩐 일인지 설문이 다시 시작됐다. 설문의 범위는 구체적이고 좁다. 스마트폰 두 개 이상 갖고 있는 사람 이름 적기, 훔치거나 다른 친구 것 갖고 있는 사람 이름 적기, 안 쓰던 스마트폰 갑자기 쓰고 있는 사람 이름 적기, 갑자기 기종이 바뀐 친구 이름 적기, 얼토당토않게 싼 중고폰 사이트 주소 아는 대로 적기, 거기서 중고폰 산 사람 이름 적기…… 역시 날밥 대단하다. 끈기까지 겸비하고 있는 줄은 몰랐다. 존경할 만하다. 진즉 그랬으면, 초기에 잡았으면 여기까지 오지 않았을 텐데. 선생이란 것들은 항상 뒷북치는 데 명수다.

놀랍게도 날밥의 컴퓨터에 꽂혀 있던 외장하드를 훔쳐다 박살내서 쓰레기통에 버린 놈이 나타났다. 옷걸이에 걸린 날밥의 옷을 훔쳐다 갈기갈기 찢어 교문에 걸어 놓은 놈도 나타났다. 아니 나타난 것은 아니고 그런 일이 일어났다. 생활지도부에서 조사받던 애들이 한 짓이라는 소문이 들렸지만 잡히지는 않았다. 그 말을 전하는 담임은 부들부들 떨며 가슴을 쓸어내리고 몇몇 애들도 따라서 가슴을 쓸어내린다. 일이 어디로 튀어 갈지 알 수가 없다. 내 스캐너도 부옇게 초점을 잃어 가고 있다.

가정 시간이다. 주섭이 녀석은 여전히 G3를 현수의 등판에 대고 게임을 한다. 모쉬 제국을 멸망시키고 노바 공화국을 구하기 위해 부지런히 로봇을 조립해서 메탈리언들을 처치하고 있다. 메탈리언들의 비명소리가 여기서도 들린다.

가끔씩 가정이 그쪽을 보고 있다. 이것저것 흠을 잡고 재재거린다고 별명이 미주알인 가정은 한 번 찍으면 그냥 넘어가는 법이 없다. 갈수록 미주알이 주섭쪽을 보는 빈도가 높아지고 있다.

위험하다는 증거다. 그런데 녀석은 공화국을 구하느라 정신이 없다. 미주알의 눈이 녀석에게서 떨어지지 않고 있어 누구도 봉화를 올리거나 다른 신호를 할 수가 없다.

드디어 미주알이 행동을 개시했다. 준수 녀석 몸통만한 다리를 사뿐사뿐 들어 치마 스치는 소리조차 내지 않고 표범처럼 다가간다. 노바 공화국의 독립 영웅 주섭이 놈은 게임 밖에 있는 또 다른 메탈리언이 다가가고 있는 것을 아직도 모르고 있다. 한심한 놈! 독립운동 하는 것들은 제 신념에 갇혀 밖을 보지 못한다. 나는 큼큼 기침을 한다. 미주알이 나를 째려본다. 얼굴에 잔뜩 살이 오른 미주알의 눈은 더 작아 보인다. 나는 목을 회전하며 눈을 돌린다. 미주알은 에밀도 안 읽어 본 것 같다. 모른 척 넘어가는 것도, 제 결대로 살도록 내비 두는 것도 교육인 것을! 그 사이 주섭이놈의 G3가 포동포동한 미주알의 손에 들어간다. 화면에서는 여전히 격렬한 전투가 벌어지고 있다.

"아이, 씨팔!"

아직도 게임에서 빠져 나오지 못한 주섭이 녀석이 욕부터 쏟아놓는다. 눈은 이미 뒤집혀 있다.

"일주일간 압수!"

미주알이 주섭에게서 등을 돌린다. 벌떡 일어나 미주알을 따라가며 주섭이 소리친다.

"줘요!"

"수업 중 휴대폰 사용은 수업 방해야. 학칙에 따라 처리할 거야. 일주일 뒤에 생활지도부로 찾으러 와!"

"줘! 내 꺼라고! 달라고!"

우리는 지금 엽기적인 공포영화를 보고 있다. 너무 으스스해서 숨 쉬기도 불편하다. 그런데 다음 장면이 어떻게 될지 되게 궁금하기도 하다.

"너 교무실로 내려와!"

미주알이 책을 그대로 둔 채 교탁을 떠난다.

"니 꺼야? 줘. 씨팔!"

"회장, 생활지도부 가서 사안 담당 선생님 모셔와!"

회장이 둘의 눈치를 보며 미적거린다. 미주알이 자신의 핸드폰을 꺼내 폴더를 열고 번호판을 누른다. 미주알의 손떨림이 파도가 되어 여기까지 밀려온다.

"이런 씨팔!"

주섭이 놈이 주먹을 날린다. 미주알은 그 주먹에 얼굴을 맞고 한 순간에 나가 떨어진다. 쿵 소리가 나고 침묵이 오래 계속된다. 교실 바닥에 벌러덩 누운 미주알의 포동포동한 손은 아직도 주섭의 G3를 들고 있다. 그제서야 회장이 교실을 뛰어나간다.

주섭이 놈은 씩씩거리며 미주알과 제 핸드폰을 내려다보기만 할 뿐 벌어진 일에 제가 놀라 어쩔 줄 몰라 한다. 넋을 잃은 미주알은 일어날 염도 내지 못하고 있다.

모든 것은 조물주에 의해 선하게 창조됐음에도 인간의 손길만 닿으면 타락하게 된다.

루소 형님이 그렇게 말했다. 저 녀석은 인간의 손길을 너무 타서 그런가, 아니면 아직 제대로 닿지 않아서 그런가?

미주알은 자신의 폰과 주섭의 G3를 든 두 손으로 얼굴을 감싸고 교무실로 내려가고 주섭은 운동장에서 수업하다 달려온 날밥에게 이끌려 교실을 나간다.

"아 시바, 왜 남의 물건 뺏냐구?"

"조용히 못해!"

날밥이 솥뚜껑 같은 손바닥으로 주섭의 뒷덜미를 후려친다. 홉스 형님 말대로 어디서나 인간들은 늑대를 닮지 못해 안달이다.

주섭이는 어떻게 될까? 담임은 폭력자치위원회가 열려 봐야 한다고 얼버무린다. 이럴 때의 담임은 이 세상 온갖 고민을 다 짊어진 햄릿이다. 말이 자주 엉키고 시선이 불안하다. 사실 누가 피해자이고 누가 가해자인지 애매하지만, 날밥의 위대한 원칙에 따라 그 둘이 한 공간에 있을 수 없다고 보면 주섭은 다른 학교를 알아봐야 할 것 같다. 녀석은 이제 폭탄이 된 것이다. 이 학교 저 학교 돌리는 대로 돌다가 빵 터지고야 말 돌리기 전용 폭탄. 참는 자에게 복이 있다고 했거늘, 짜식, 순간을 못 참아서.

기태와 상철이도 아침부터 다시 생활지도부에 불려갔다. 스마트폰 털린 날 수업에 안 들어간 애들이 재조사를 받고 있다. 날밥이 제법 끈덕지다. 뭔가 물은 것 같기도 하고. 어떤 말이 오갈까?

불면 정상 참작, 버티다 밝혀지면 가중 처벌!

날밥은 그렇게 옛 학주 시절부터 전해 내려오는 보검을 꺼낼 것이다. 기태와 상철이는 어떻게 대응할까? 당근에 묻은 꿀에 침을 흘릴까, 채찍을 맞고 버틸까? 아니면 날밥이 꼼짝 못하도록 논리적 근거를 들어 돌파할까?

진석이 녀석은 성도착에 대한 정신 감정을 받았다. 스스로 전학 가지 않으면 날밥이 강제 전학을 시키겠다는 통첩을 했다는 얘기도 들린다. 날밥은 역시 마키아 형님에 충실하다. 인간을 상대하기 위해서는, 순진한 양들을 보호하기 위해서는 언제든 악한 방법을 쓸 줄 알아야 하는 것이다. 그래야 진정한 군주인 것이다.

학교는 여전히 평온하다. 그 평온함을 견딜 수 없다는 듯 풍문들만 무성하게 돌개바람처럼 날아다닌다. 학교 안에 스마트폰 장물아비가 있어 애들이 훔쳐온 스마트폰을 중고 사이트에 올려 판다는 얘기가 먼저 돌았다. 유심칩을 초기화시키고 흠을 지우거나 새로 기스를 내고 케이스를 새것으로 바꿔 직접 팔았다는 소리도 들린다. 털린 폰들이 게임 없이 하루도 못 사는 마니 아들에게 큰 선물이 되었다는 얘기도 들린다.

생활지도부에서 조사를 받던 학생은 범인이 아니고 학교 안에 거대한 절도와 장물 조직이 활동하고 있다는 소리도 떠돈다.

그러거나 말거나 수업 시간 내내 신제 녀석은 여전히 꼿꼿한 자세로 앉아 가끔씩 고개를 끄덕이고 있고, 땅콩 준수는 제 엄마가 새로 마련해 준 필통에서 내용물을 한 움큼 꺼내 우물 정자로 쌓아올린다. 몇 개씩 들어 있는 볼펜, 샤프 연필, 컴퓨터용 사인

펜, 형광펜, 카터, 작은 플라스틱 자와 줄자, 스무 개도 넘는 색연필을 한 뼘도 넘게 쌓아 올리고 그 위에 지우개까지 올린 뒤 더이상 쌓을 게 없으면 위에서부터 하나하나 집어 필통에 넣었다가 다시 꺼내 쌓는다. 머리에는 여전히 노랑줄 빗살무늬 꼬리빗이 꽂혀 있다. 녀석들은 좀체 도움이 되지 않는다. 그래서 쫌 외롭다.

종례 끝나고 7반 교실에 갔다. 늘 먼저 와 교문 앞에서 기다리고 있던 기태 녀석이 나타나지도 않고 전화도 받지 않아 가 본 것이다. 청소하는 애들만 있고 기태는 없었다. 6교시 중간에 들어와 가방을 들고 나가 버렸다고 한다. 기태는 여전히 전화를 받지 않는다. 상철이도 받지 않는다. 다 끝난 것인가? 이제 더는 걔네들을 관찰하지 않아도, 복잡하게 걔네들 머릿속을 들여다보지 않아도, 스캔하지 않아도 되는 걸까? 뭔가 싱겁기도 하고 뭔가 불편하기도 하다. 힘이 빠지기도 하고. 모두가 음모에 가담한 거 같다. 날밥도 담임도 영어도 기태와 상철이 녀석도 모두!

"마동탁, 왜 불렀는지 알지?"

날밥이 말한다. 잘 모르겠다. 왜 불렀는지. 아니 말하기가 쉽지 않다. 무얼 얘기하는 것인지, 어디까지 가야 하는지도. 나는 무슨 말인지 모르겠다고 멍한 표정으로 날밥을 쳐다본다. 날밥이 책상 위에 수북이 쌓여 있는 경위서와 진술서를 손가락으로 톡톡 찍으며 말한다.

"이건 모두 니 얘기야. 기태와 상철이가 쓴 것도 있고. 우리 시간 끌지 말자! 너지? 이 모든 것을 뒤에서 주도하고 처리한 장물아비가!"

이제 비로소 게임이 시작된 것 같다. 마키아 형님이 말했다. 군주는 스스로를 지키기 위해 악당이 되는 법을 배워야 한다고.

나는 이제 날밥을 스캔할 준비가 되어 있다.

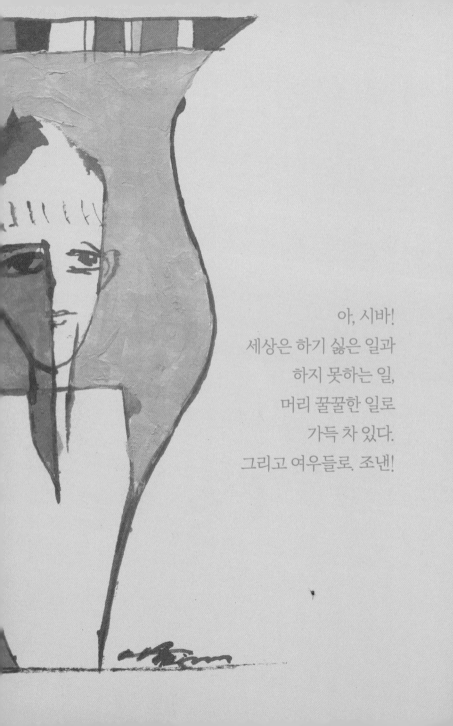

아, 시바!
세상은 하기 싫은 일과
하지 못하는 일,
머리 꿀꿀한 일로
가득 차 있다.
그리고 여우들로. 조낸!

세상은 하기 싫은 일과 하지 못하는 일로 가득 차 있다.

'화장은 노! 허그는 오케이!'
'조낸 이른 화장, 조낸 늙는 피부!'
'한 살 먼저 화장하면 십 년 빨리 늙는다!'
'풋풋한 얼굴, 싱싱한 머리, 넉넉한 가슴, 튼튼한 다리'

   .

   .

교문에서 오른쪽, 교실 현관으로 올라가는 언덕길에 스무 명도 넘는 애들이 옹벽을 등지고 피켓팅을 하고 있다. 화장해서 걸린 애들과 벌점을 지우거나 상점을 받고 싶어 안달하는 애들이다. 저건 누구 머리에서 나온 걸까? '똥개' 머리에서 나온 거 같지는 않다. 그럼 누굴까? 누가 이렇게 야비한 짓을 할까?

애들이 피켓팅하는 맞은편에는 각 학년 사안 담당 교사들이 터널을 만들어 물티슈를 들고 서 있다. 저걸 안 걸리고 지나갈 수 있을까? 어려울 거 같다. 오늘 단속할 줄은 알았다. 지난주 내내 방송으로 떠들었으니까.

여러분도 알다시피 화장하는 학생들이 급격하게 늘고 있습니다. 학생 화장은 교칙 위반입니다. 여러 번 주의를 주고 지도했으나 고쳐지지 않아 다음주 월요일부터 교문에서 단속하겠습니다. 화장하고 오는 학생은 화장을 지워야 교실에 들어갈 수 있습니다. 서로 낯 붉히는 일이 생기지 않도록 잘 지켜 주시기 바랍니다.

그러나 맨 얼굴로 집에서 학교까지 그 먼 길, 내가 다녔던 초등학교와 아파빌분양사무실, 낙원부동산, 애경타이어빵꾸, 미래중고자전거, 서울조경, 남부교회, 8282이사, 대경물류창고, 약수터가든, 옛날국밥, 대박고물 앞을 지나올 수는 없었다. 고개를 들 수 없었다. 지들은 알까? 내가 맨 얼굴로 다닐 수 없다는 걸. 나를 용서할 수 없다는 걸.

저만치 앞에 수정이와 소현이가 2학년 사안 담당 '조낸'이 건네준 물티슈로 얼굴을 닦고 있다. 이제 선택해야 한다. 뒤돌아서 갈 것인지, 물티슈를 받고 아침내 한 화장을 지울 것인지. 교문을 벗어나면 갈 곳이 없다. 기껏해야 학교 앞 편의점이나 피시방이다. 아침부터 거기서 죽칠 수는 없다. 죽친다고 해도 담임이 학교 안 왔다고 엄마한테 전화할 거고, 엄만 또 날 프라이팬에 넣고 볶아 댈 것이다. 빡치면 아빠한테 넘길지도 모르고. 아, 시바 선택지는 모두 지들에게 유리한 것만 늘어놓고 있다.

벌써 '조낸' 앞이다. 시바 조낸 싫다.

"지워."

'조낸'이 물티슈를 건네준다. '조낸'의 얼굴은 화장이 떠서 볼 만하다. 조막만 한 얼굴이 근심으로 화장한 거 같다. 나는 얼결에 받지 않을 수 없다. 손가락에 닿은 물티슈 감각이 조낸 차갑다. 이걸 얼굴에 댈 생각을 하니 손가락이 먼저 떤다. 에라 모르겠다! 나는 물티슈로 듬성듬성 닦아 낸다. 냉기를 따라 모욕감이 머리끝까지 뻗친다. 이러고 살고 싶지 않다. 아, 시바 왜 이것도 못하게 하는데?

"싹싹"

'조낸'이 또 참견을 한다. 물티슈를 집어던지고 돌아서고 싶다. 손에 힘을 더 주어 벅벅 문지른다. 속에서 욕이 저절로 쏟아진다.

아, 시바 어떻게 된 세상이 화장도 맘대로 못 하냐고? 왜 참견하냐고? 니도 하잖아? 니는 하고 나는 왜 못 하게 하는데?

가방을 벗어 집어던지고 싶다. 저만큼 뒤에서 교장이 뒷짐 지고 내다보고 있다. 재수 없다. 그 옆을 지나면서 키를 대 본다. 내 어깨 밑으로 머리카락이 다 빠져 속이 반들반들한 머리통이 보인다. 그나마 위안이 된다. 선도부가 내 이름을 적는다. 시바 저 것들도 조낸 재수 없다.

교실 뒷문을 열자 먼저 들어간 수정이가 신발 주머니를 천정에 던진다. 잔뜩 열이 뻗쳐 있다.

"내 돈 들여 내가 화장하는데 왜 강제로 지우냐고?"

"시바, 이게 학교야? 이런 게 나라야?"

소현이도 빡쳐 있다. 아침부터 욕을 더 보태기 싫다. 조용히 자리에 앉았지만 분이 풀리지 않는다. 아무 것도 하기 싫다.

"오늘은 우리 딸들 한 사람도 빠짐없이 하루종일 이쁜 맨 얼굴 볼 수 있겠네! 니들 봐 봐. 얼마나 이쁜지. 이쁘지? 넌 안 이뻐?"

아침 조례에 들어온 담임이 한 술 더 뜬다. 아, 시바 오늘 다들 왜 그러는 거야? 곧 뚜껑이 열릴 거 같은데.

"물티슈가 오늘 하루 분 화장독을 막아 준 거니?"

담임이 눈을 찡긋거리며 내 눈을 본다. 아, 정말 마그마가 분출할 거 같다. 가슴이 마구 뛴다. 불길하다. 손이 저절로 거울을 꺼내고 화장품 가방을 뒤진다. 클렌징크림으로 화장을 마저 지운다. 세수를 못해 몸이 뒤틀렸지만 그런대로 지워진 거 같다. 거울을 한 번 더 들여다보고 처음부터 다시 시작한다. 담임이 한숨을 폭 쉰다. 나도 내 손을 말릴 수가 없다.

"엄마 한번 오셔야겠다!"

고개를 저으며 담임이 교실을 나간다. 수정이와 소현이는 그때서야 화장품을 꺼낸다. 그리고 정신없이 분첩을 얼굴에 대고 두드린다. 1교시 시작 전에 끝내야 한다. 가정은 '개재수'다.

가정의 눈치가 보이지 않는 건 아니다. 그렇지만 손이 자꾸 분첩에, 아이브로펜슬에 간다. 너무 급하게 하느라 눈이 짝짝이다. 지우고 처음부터 다시 시작해야 한다.

"그만 해라. 수업 시작한 지 20분이 지났다."

가정이 목소리를 깐다. 화를 누르고 있다는 뜻이다. 그러나 손이 멈춰지지 않는다. 가정이 머리를 흔든다.

"니들 땜에 수업이 끊어져서 도저히 안 되겠다. 니들, 수업 끝나고 다 내려와!"

그래도 손이 멈춰지지 않는다. 얼굴이 제대로 안 나왔는데 어쩌라고?

은지는 약게 약게 한다. 수업 시간엔 최대한 자제하고 쉬는 시간에 한다. 나는 그게 안 된다. 화장품과 화장 도구가 손에서 떨어지면 견딜 수가 없다. 아, 시바 어쩌라고?

"아니, 저것들 또 왔네!"

"아니, 아까 교문에서 지웠는데 그새 또 했어?"

교무실에 앉아 있는 것들이 하나씩 돌멩이를 던진다. 니들은 니들 일이나 해. 괜히 참견하지 말고.

"니들은 도대체 왜 그렇게 말을 안 들어먹니?"

가정이 시작부터 목소리를 높인다. 잔뜩 올라와 있다. '개재수' 값을 할 거 같다.

"니들도 사람이면 알아들어야 하지 않니? 수업 시간에 화장하지 말라 하면 들어야 하잖아? 해서는 안 되는 일이고."

니는 뭐 남이 말하면 다 듣니? 내가 왜 니 말을 들어야 하는데?

"학생은 화장 못하게 돼 있잖아? 적어도 수업 시간에는 하지 말아야지."

"그래도 떠들지는 않았잖아요?"

소현이가 바람이 잔뜩 들어간 입으로 대꾸한다. 아, 저 등신!

"화장만 했지, 수업 방해는 하지 않았잖아요?"

수정이도 거든다. 말이 빨라 대드는 거 같다. 아, 저 바보들!

"수업 시간에 수업 안 듣고 화장만 하는 게 수업 방해 아니면, 그럼 뭐니? 다른 친구들 수업 집중 못하게 하고, 선생님 니들한테 신경 쓰여서 수업이 자꾸 끊어지잖아."

"그냥 우리 신경 쓰지 마시고 하면 되잖아요?"

"선생이 어떻게 학생을 포기하니? 니들은 이 학교 학생 아냐? 그러려면 뭐 하러 학교 와서 여러 사람 힘들게 해? 집에서 종일 하고 싶은 화장만 하고 살지."

나는 교무실 창밖 언덕, 잎이 다 떨어진 나무들을 본다. 나무들이 많이 추울 거 같다.

"고깝다 이거지? 계속하겠다는 거네? 좋아! 내 손에서 처리하려고 했는데 안 되겠다. 사안 담당 선생님한테 넘겨야지."

일이 커지고 있다. 그러나 멈출 수가 없다. 굴복하고 싶지 않다. 내가 남한테 피해를 준 것도 아닌데 왜?

"야, 니들 또 왔어? 니들 지금 몇 번째야? 니들 깜지 쓰고 단어 공부한 게 언젠데 벌써 왔냐구?"

'조낸'이 앙칼지게 소리를 지른다. 이마의 가로 주름과 세로 주름이 만나 산맥을 이루고 목 혈관이 울뚝 서 있다. 아, 시바 오늘 일진 개진이다. 누군 오고 싶어 왔냐? 니들이 불러서 왔지.

깜지는 그래도 쓰기만 하면 된다. 아무 생각 없이 베껴 쓰면 되니까. 단어 공부는 고문이다. '조낸'이 낸 영어 단어 중에서 하나라도 틀리면 고문이 시작된다. 하나 모르면 둘을 알아야 하고 둘을 모르면 넷을 알아야 집에 갈 수 있다. 캄캄한 밤에 간 적도 있다. 같은 시간이 어떻게 길어지는지, 시간이 길어진다는 게 무슨 의미인지 알게 해 주는 고문이다. 그러고 보면 이것들은 고문

기술자들이다.

"니 오빠 허구헌날 담배 피다 걸리고 쌈박질하다 걸리고 아주 내가 3년 동안 질렸는데, 겨우 졸업시켜 놓으니까 너까지 그러냐? 니네 식구들은 도대체 왜, 뭐 땜에 그러는데?"

피가 그런가 보지. 니가 혈통을 알아?

"도대체 왜 하는데? 하지 말라는 거 왜 하는데? 니들은 아직 화장할 때가 아니잖아? 때 되면 해도 되잖아?"

"사람마다 때가 다르잖아요? 빨리 시작하는 사람도 있고 늦게 시작하는 사람도 있고."

"그래도 보편적인 때가 있잖아? 화장은 성인이 돼서 해야잖아? 너 언제부터 했어?"

'조낸'이 나를 짚는다.

"초등학교 5학년 때요."

"초등학교 때? 아이고, 왜 하게 됐는데?"

"다른 애들 한 거 보니까 이뻐서요. 주근깨도 가리고."

"다른 애들 하면 다 따라 해야 돼? 안 좋은 것도!"

"이쁘잖아요!"

"그게 이쁜 거니? 그 여린 피부에 비비크림 덕지덕지 발라 피부가 숨을 못 쉬고 헉헉거리는데, 화장독 올라 피부가 다 상해 망해 가는데."

"사람마다 다르잖아요."

"그래서 계속하겠다는 거네?"

"안 하면 살 수가 없어요."

"안 하면 살 수 없어? 그럼 중독이네, 중독!"

니는 뭐든 우리가 좋아하는 거 하면 중독이냐?

"무슨 중독요? 담배는 안 피는데? 술도 안 마시고."

수정이가 멍청한 것처럼 엇박자를 넣는다. 여우같은 기집애!

"화장 중독! 화장품 중독!"

"그게 뭔데요?"

수정이가 또 푼수처럼 나선다. 재미를 붙인 거 같다. 빙신, 길어지는 것도 모르고.

"화장 안 하면 못 견디겠다며? 그러니 화장 중독이지. 어리고 여린 피부에 값싼 저질 화장품 처바르니 당연히 화장품 중독이지. 니들 얼굴에 트러블 생긴 거 봐도 모르니? 화장품 살 때 부작용은 얘기 안 해주던?"

이것들은 틈만 나면 조낸 아는 척, 잘난 척한다. 엄마는 내 피부 상한다고 비싼 거 사 주고 자긴 싼 거 바르는데.

"이제 솜털 보송보송한 중2가 이게 무슨 일이니? 니 엄마도 아시니? 알고도 놔두시니? 화장 일찍 시작하면 피부가 일찍 피로해져서 일찍 늙는 거 모르신데? 그리고 도대체 화장품값은 어떻게 대니?"

니는 니 얼굴 걱정이나 해. 얼굴이 그게 뭐냐? 사십 대에 벌써 할머니 얼굴이면서. 일찍 화장 시작했으면 안 그렇잖아? 그나저나 화장품값 치고 들어오는 것은 아니겠지?어제 1학년 애한테 빌려 달라고 만 원 삥 뜯어서 비비크림 샀는데. 용돈 떨어진지 오래 됐고 엄만 절대 미리 주지 않는데.

"니들은 걸린 게 열 번도 넘네! 열 번 넘으면 걸릴 때마다 자동으로 학생부 넘어가는 거 알지? 깜지 써도 안 되고 단어 공부해도 안 되고, 나도 해 줄 수 있는 게 없다. 서류 작성해서 넘기면 방과후에 학생부에서 부를 거야. 가 봐. 나도 이제 질린다, 이놈들아!"

지만? 나도 질린다, 질려! 왜 맨날 우리만 못 살게 구냐? 남에게 크게 피해를 주는 것도 아닌데. 아, 시바 학생부를 또 어떻게 가냐? 아, 시바 정말 못 다니겠다, 못 다니겠어!

국어는 어딘가를 읽고 뭔가를 쓰라고 한다. 맨날 읽고 쓴다. 재미없다. 나는 다시 분첩을 들고 얼굴을 두드린다. 학교 와서 세 시간 동안 다시 한 것이 마음에 들지 않는다. 마음이 편하지 않아 화장이 잘 받지 않는 거 같다. 수정이는 아이섀도를 세워 눈두덩에 음영을 주고 있고, 소현이는 뷰러를 들고 속눈썹을 올리는데 정신이 없다.

"나는 너희들이 예뻐지고 싶어 화장하는 거 인정한다. 예뻐지고 싶은 것은 인간의 기본적인 욕망이니까. 남에게 피해를 주지 않는 한 욕망을 충족시키는 것은 기본권에 속하는 것이기도 하고.

그러나 수업 시간에 하는 것은 옳지 않다. 사람은 하고 싶다고 다 할 수 있는 게 아니다. 하고 싶어도 참아야 할 때가 있다. 그걸 못 지키면 제재를 받을 수밖에 없고. 남에게 피해를 주기 때문이다. 누리, 수정이, 소현이 그러고 싶지는 않지? 잘 지켜 주기 바란다."

예뻐지고 싶은 거 인정하면서 화장은 왜 못하게 하는데? 나도 잘 살고 싶어서 그러는 거라고! 뻗대는 마음 따라 손도 멈추지 않는다. 나도 내가 나를 어떻게 할 수 없다. 앞에 앉은 은지 등판 뒤로 몸을 숙인다. 분첩을 든 손이 계속 얼굴을 두드린다.

"이누리, 사람은 멈출 줄도 알아야 한다. 그게 용기다. 계속 뻗대면 아집이고, 그걸 못 버리면 고생한다. 그렇게 살고 싶지는 않지? 잘 살고 싶어 화장하는 거 아닌가?"

귀신이다. 그러나 손이 멈추지 않는다. 분첩에 가는 손을 붙들 수가 없다. 나도 내가 나를 막을 수 없는데 어쩌라고? 재수 없게 '조낸' 말대로 중독이 맞는 거 같다. 아, 시바!

근데 뭐 어쩌라고? 화장하고 싶어 못 견디겠는데. 못 견뎌서 중독이 돼도 내가 되겠다는데, 왜 지들이 간섭하고 참견하냐고? 내가 지네 집 강아지야? 이거 하라, 저거 마라, 맨날 명령만 하게?

"누리, 수정이, 소현이 내가 질문 하나 할게. 지금 다른 친구들 뭐 하고 있지?"

교실 안은 숨소리, 연필 굴러 가는 소리만 들린다.

"뭘 쓰고 있는데요."

"뭘 쓰는데?"

얼핏 소설 줄거리 요약하라는 소리를 귓등으로 들은 거 같다.

"줄거리 요약이요."

"무슨 줄거리?"

"소설요."

"어떤 소설?"

아, 시바 왜 자꾸 귀찮게 하는 거야? 근데 국어는 쉽게 포기하지 않을 거 같다. 길어지면 나만 피곤하다. 수정이와 소현이는 아예 책도 없다. 나는 손으로 더듬어 책상 서랍 안에 있는 책을 꺼낸다. 최대한 눈으로 보지 않고 들춘다. 중간쯤 배운 거 같다. 그쯤에 있는 소설은 '수난이대'다.

"수난이대요."

"수난이대가 무슨 뜻이니?"

"수난이 크다는 뜻 같은데요."

애들이 킥킥거린다. 국어가 버릇처럼 이빨로 입술을 씹는다. 국어의 곱슬머리가 비 맞은 것처럼 꼬불거린다.

"제목도, 내용도, 뜻도 모르는데 어떻게 줄거리를 쓰지?"

"우린 배운 걸로 할게요."

"안 배웠는데 배운 걸로 하겠다? 그건 너희 자신에 대한 속임수 아니니?"

지는 안 속이고 사나? 꼭 샌님같이 생겨가지고.

"그건 니들이 스스로를 죽이는 거잖아? 계속 그렇게 살고 싶니?"

일이 꼬일 거 같다. 국어는 좀처럼 화를 내지 않지만 한번 화내면 무섭다. 뿌리를 뽑는다.

"아니요!"

우리는 동시에 외쳤다. 수정이도 소현이도 눈치를 깐 거 같다.

"다른 방법을 생각해 보자. 니들은 수업에 집중하지 않아 줄거리 쓰기가 어려울 거다. 어떻게 할까? 니들 얘기를 써 보는 건 어때?"

"무슨 얘기요?"

"니들 늘 하고 있는 화장 얘기."

"또 화장 얘기요?"

"한번 써 볼래?"

"뭘 써야 하는데요?"

"화장하는 이유를 솔직하게 한번 써 봐라. 왜 화장하는지부터, 화장하면 뭐가 좋은지, 학교에서 화장을 못 하게 하는 것에 대해 어떻게 생각하는지, 너희들 화장하는 것에 대해 부모님은 어떻게 생각하는지, 처음 화장은 언제 어떻게 시작했는지, 화장품 비용은 어떻게 마련하는지."

아, 또 삥친 게 마음에 걸린다. 그것까지 문제 삼으면 정말 문제가 커진다. 삥은 걸리면 무조건 강제 전학이다. 아, 시바 좀 참는 건데.

"수업 시간에도 왜 화장품을 손에서 놓지 못하는지까지 쓰면 더 좋고."

"알써요."

수정이가 얼른 받는다. 저 기집앤 정말 여우다.

"왜 써야 돼?"

나는 쓸 마음 상태가 아니다. 연필도 잡기 싫다. 내 손은 블러셔를 쥐고 있다.

"우리가 왜 이런 걸 알려 줘야 돼? 이건 개인 신상 정보잖아?"

소현이는 계속 거울을 보며 입으로만 종알종알 거든다.

"그래도 써 주자. 착하잖아. 크게 뭐라지도 않고."

화장하면 이뻐지고 이뻐지면 기분 좋다. 근데 학교가 괜히 지랄한다. 내 몸 내가 단장하는데 학교가 왜 간섭하나? 누가 뭐라든 나는 내가 하고 싶은 대로 한다.

써놓고 보니 더 쓸 게 없다. 수정이는 하나하나 자세하게 쓴다. 기집애 얼굴이 제법 심각하다. 남친이 다른 기집애 만나 가버린 뒤 처음 보는 얼굴이다.

"왜?"

"왜 쓰라고 했는지 알겠는데."

"뭔데?"

"그냥…… 나를 돌아볼 수 있는 거 같아."

"이 기집애, 왜 갑자기 철학하고 그래? 재수 없게."

정말 저런 것들이 젤 재수 없다. 괜히 뭔가 있는 척하고 폼 잡고. 근데 좀 꿀리기도 한다. 수정이가 쓴 것을 곁눈질로 본다.

화장해야 마음이 편해지고 사는 것 같다. 학교에서 화장 못 하게 하는 것은 월권이다. 누구도 학교에 그런 권한을 준 적이 없다. 부모님은 화장하는 거 반대하지 않는다. 초등학교 때부터 했는데 왜 새삼 반대하겠나? 화장품값은 최대한 용돈으로 해결한다. 그래서 용돈이 늘 부족해서 허덕댄다. 그래서 싼 걸 살 수밖에 없다. 얼른 돈 벌어서 사고 싶은 거 원 없이 사 쓰고 싶다. 수업 시간에 화장하는 것은 옳지 않다고 생각한다. 앞으로는 자제하겠다.

이 기집애 정말 여우다. 생각도 있으면서 맹한 척하고 산다. 그러면 뭐가 좋을까?

우리가 써낸 것을 읽고 나서 국어가 위아래 입술을 안으로 집어넣어 이빨로 물었다가 내게 묻는다.

"네 얼굴 주인이 누구니?"

"당연히 나죠."

"다른 사람 시선이 아니고?"

"당연히 아니죠."

"그럼 왜 예뻐지려고 하지?"

가슴이 탁 막힌다. 아, 시바 조낸 머리 복잡한 사람이네! 나까지 머리 꿀꿀하게.

"뭐가 그렇게 복잡해요? 화장하면 예뻐지고 예뻐지면 내 기분이 좋아지는 것뿐인데?"

"정말 그럴까? 그게 전부일까? 다른 사람도 나처럼 예쁘게 봐줄 거라고 생각해서 기분이 좋아지는 거 아닐까?"

"나는 그렇게 생각하지 않는데요. 한 번도 그런 생각하고 화장한 적도 없고요."

"그래? 다른 사람이 예쁘게 봐 주지 않는데도 너는 그렇게 열

심히 화장을 할까?"

아, 시바 정말 왜 그러는데? 괴롭히려고 작정한 것처럼?

"그게 어때서요? 예뻐져서 내 기분 좋아지고 남들도 예쁘게 봐주면 금상첨화죠."

"그렇겠지. 그러기 위해서 화장을 하는 것일 테니까. 혹시 그런 관계의 틈을 비집고 화장품 회사가 끼어들어 장사를 하는 거 아닐까? 또는 화장품을 많이 팔기 위해 예뻐져야 네 상품 가치가 높아진다는 생각을 퍼트린 것은 아닐까?"

"선생님은 어떻게 그런 생각까지 하고 살아요? 머리 터지지 않아요?"

"걱정되니? 고맙다. 아직 그런 정도는 아니다."

국어가 입꼬리를 올리며 웃는다. 웃음 속이 맑다.

"어떤 거라고 생각해?"

"한 번도 생각해 보지 않았어요."

"그러는 거라면 너는 계속 지금처럼 살 거니?"

"나하고 상관없는 얘기 같은데요?"

"그래. 쉽게 결론 내기 어려운 문제일 거야. 그래도 가끔씩 생각해 볼래? 네 몸의 주인이 누구인지. 그런 문제가 네 스스로 풀리면 화장하고 안 하고의 문제는 별 문제가 아닐 거야. 너도 너 자신이 누군지 알게 되었을 테니까."

수정이 기집애는 아까보다 더 심각하다. 아, 시바 심각한 것들은 재수 없다.

"이것들이! 야, 니들 아직도 정신 못 차렸어?"

학생지도부장 '똥개'가 버럭 소리부터 지른다. 이것들은 일단 소리부터 지르고 본다. 숲에서 처음 만난 맹수들처럼, 길거리에서 맞닥뜨린 조폭들처럼. 게다가 저 인간은 생긴 거부터 짐승이다. 머리통은 하마고 눈은 독수리다. 불뚝한 똥배에서 나오는 소리는 버스 클랙슨 소리와 맞먹는다. 처음엔 '똥배'였는데 어느새 '똥개'로 개명됐다. 선배들 작품이다. 그래도 '똥배'가 훨씬 인간스럽다.

"야, 니들 물티슈 갖고는 안 되는 거 알지? 클렌징 폼으로 싹싹 닦고 와."

'똥개'는 자기 서랍에서 클렌징 폼을 꺼내 준다. 싸구려는 아니다. 저거는 누구 돈으로 샀을까? 지 돈으로 샀을까? 학교 돈으로 샀을까?

오후에 다시 한 화장을 다시 닦아 낸다. 기왕 닦는 거 클렌징 폼을 듬뿍 짜서 꼼꼼히 닦는다. 그래야 얼굴이 안 상한단다. 거울 속에는 낯선 애가 나를 쳐다보고 있다. 콧잔등에 뿌려진 주근깨가 더 낯설다. 저게 나인가? 도무지 봐줄 수가 없다. 저 얼굴을 싹 바꿔 버리고 싶다. 안 되면 짓뭉개 버리고 싶다. 근데 시바 왜 보정도 덧칠도 못하게 하냐고? 아, 시바 존나!

"저것들, 화장 안 하면 저렇게 이쁜데…… ."

'똥개'가 혀를 찬다. 뭐가 마냥 아쉬운 것처럼.

"야, 이 녀석들아, 니들 이 풋풋하게 이쁜 얼굴도 한때야! 좀 있으면 화장하고 싶지 않아도 기미끼고 주름져서 화장해야 한다고. 그런데 뭐가 그리 바쁘다고 미리 늙지 못해 안달하냐, 이 녀석들아!"

니는 중학교 때 담배 안 폈나? 니는 중학교 때 빨리 어른 되고 싶어 안달 안 했냐고?

"니들 일루 와."

곁에 있던 학생부 사안 담당 '먹코'가 부른다. 코가 붙어 있을 자리에 주먹이 붙어 있다. 어떻게 저런 코를 달고 살 수 있는지 모르겠다. 왜 돈도 벌면서 얼른 해치우지 않는지 모르겠다. 보는 사람에 대한 예의가 없는 것이다.

"얼굴에 뭐가 많이 났네! 화장품 어디 거 쓰니?"

목소리는 나긋나긋하다. 처음엔 코와 목소리가 연결이 안 돼 혼란스러웠다. 그래서 세상은 알 수 없는 말미잘이다.

"'미소'요."

"너는?"

"'자연처럼'요."

근데 왜 물을까? 이런 것도 조사 항목에 포함되나? 참 알고 싶은 것도 많아.

"너는?"

"'플라워 워터'요."

"하나같이 저가 화장품이네. 니들 얼굴에 트러블 생긴 건 알지? 벌써 니들 얼굴에 문제가 생기기 시작한 거야. 더 심해지면 치료 받아야 하고 더 고가의 화장품을 써야 한다고. 피부과 치료는 보험도 잘 안되고 부르는 게 값인데……. 그게 무슨 바보짓이냐? 돈 버리고 얼굴 망치고 시간 버리고 공부 못하고 학교에서 혼나고 왜 그렇게 살아, 바보같이?"

지잉~

몇 개의 휴대폰이 동시에 운다. 눈은 '먹코'를 보고 손으로 주머니를 더듬어 폰을 꺼내 책상 밑에서 살짝 본다.

금주의 특가 세일!

비비크림, 클렌징 폼, 에멀전 1 + 1

하나 값에 두 개!

선착순 백 명! ^^얼른 오세요!^^

"일주일에 두 번씩 오지?"

'먹코'가 묻는다. 이 학교엔 귀신들이 너무 많다. '먹코'가 자기 휴대폰을 보여 준다. 내용이 똑같다.

"화장품 가게는 보채고, 니들은 화장 안 하면 못 살 것 같고, 미칠 것 같고. 어찌 하면 좋으냐?"

그냥 놔두면 되지! 그냥 놔주면 우린 조용하잖아!?

"니들을 어째야 옳으냐? 아직 화장 중독 클리닉도 없는 것 같은데…… 보낼 데도 없고."

"그냥 신경 안 쓰시면 서로 편하지 않아요?"

아뿔싸! 입에서 총알이 먼저 발사됐다. 야, 이누리 너 왜 그러는데? 오늘 일진이 이상하다. 내 말을 듣는 기관이 없다. 손도 입도 따로 논다.

"야, 이누리! 너는 1학년 때 공부 좀 했다면서? 근데 왜 그래? 왜 그렇게 살아?"

'먹코'의 코가 더 커 보인다. 저 코를 갖고 산다는 게 신기하다. 나도 살고 싶어 사는 게 아냐. 태어났으니까 사는 거지. 말이 나왔으니까 하는 말인데, 공부해도 안 된다는 거 니들이 더 잘 알잖아? 우리가 어디까지 갈 수 있는데? 우리가 할 수 있는 게 뭔데? 니들은 니들 새끼 스펙이다 유학이다 난리지만 우리는 뭘 할 수 있는데? 마지막 남은 게 이뻐지는 건데 그것마저 못하게 막냐? 니들 가치는 높여도 되고 내 가치는 높이면 안 되냐, 시바?

"생각 좀 해 보자. 어떻게 해야 벗어날 수 있는지. 어떻게 해야 이 중독 상태에서 벗어날 수 있는지. 수정이부터 얘기해 볼래?"

"안 해야죠, 뭐."

아, 저 기집애! 저 기집앤 믿을 수가 없다. 저 기집앤 상황 따라 바뀌고 상황을 제게 유리한 쪽으로 바꾼다.

"그렇게 쉬운 걸 못 끊지?"

"노력해야죠."

"그래. 말은 참 쉬운데."

'먹코'도 눈치를 깐 거 같다.

"소현이는?"

"잘 모르겠어요. 뭘 어떻게 해야 할지."

그래도 저 기집앤 솔직하기라도 하지. 그렇다고 달라질 건 아무 것도 없지만.

"누리는?"

니는 그 잘 하는 공부하고 좋은 직업 잡았잖아? 나는 안 되니까, 그건 내 세상이 아니니까 값싼 화장품이라도 사서 노력하는 거라고. 이뻐져서 한 방에 갚을 거라고. 나도 그럴 듯하게 살고 싶다고.

"이누리, 왜 말이 없어?"

"좀 빨리 이뻐지면 안 돼요?"

"그게 예쁜 거야? 얼굴에 비비크림 덕지덕지 바르고 밤일 나가는 직업여성처럼 입술 붉게 칠하고 다니는 것이?"

"이쁜 건 사람마다 기준이 다르잖아요? 고슴도치도 제 얼굴

이뻐한다면서요?"

"으이구! 말이 통해야 선처를 하든 뭘 하든 방법을 찾아보지."

그러게 그냥 놔두면 서로 편하잖아? 왜 자꾸 간섭하고 참견하고 괴롭히는데?

"어쩔 수가 없다. 니들은 이미 학생부로 넘어온 몸이고 상습범이고, 그렇다고 말이 통하는 것도 아니고 버릇을 고칠 생각도 없고, 수업 방해에 교사의 지도 불응까지……. 뭘 어떻게 할 수 있겠니? 교칙대로 하는 수밖에."

저것들은 이해하는 척하면서 꼭 교칙을 들고 나온다. 지들 맘대로 정한 거 가지고. 아, 시바 어떻게 또 처벌을 받는단 말인가? 처벌 끝난 지 일주일밖에 안 됐는데. 이대로 날라 버리는 수밖에 없겠다. 책가방은 필요 없고 얼른 올라가서 화장품 가방만 챙기면 된다. 수정이와 소현이가 고개를 젓는다. 비겁한 것들, 후환은 두려워서. 그렇게 겁나는 것들이 무슨 화장을 하나?

"오늘부터 일주일간 수업 끝난 뒤에 본관 신관 5층까지 모든 계단을 청소한다. 퐁퐁과 락스 섞어서 깨끗하게! 셋이 구역을 나눠 할래, 구역 나누지 않고 전체를 셋이 같이 할래?"

아, 시바 저게 무슨 선택이냐고? 지들한테 유리한 선택지만 내놓고 내가 선택할 선택지가 없는데. 셋이 맞을래, 따로따로 맞을래 묻는 거와 똑같잖아? 나는 맞고 싶지 않다고. 청소하고 싶지 않다고. 학원도 가야 한다고. 아무래도 날라야 할 거 같다.

"같이 할래요."

수정이가 재빨리 말한다. 내 눈치를 까고 선수 친 것이다. 뒷감당하기 싫어서. 저 여우같은 기집애! 저 얍삽한 기집애! 저 의리 없는 기집애!

"그래야 심심하지 않잖아?"

소현이가 내 눈치를 보며 말한다. 이것들이 완전 짜고 하는 게임이다.

본관 5층 위에서부터 3층까지밖에 안 했는데 허리가 끊어질 거 같다. 세젯물이 체육복에 묻는 것은 상관없지만 얼굴까지 튀어올라 정말 짱난다. 걸레, 고무장갑 다 내던지고 싶은 걸 간신히 참는다. 아, 시바 오늘은 왜 이렇게 뻗치는 게 많은지 모르겠다. 정말 일진 개진이다. 그래도 뒤돌아서 깨끗하게 닦인 계단을 보면 뻗치는 게 좀 내려가는 것도 같다. 뭔가 뿌듯하기도 하고. 그래도 이걸 어떻게 일주일 동안 한단 말인가? 또 짜증이 뻗친다.

"어라, 우리 학교 청소부 바뀌었네!"

그냥 가면 될 걸 퇴근하던 것들이 꼭 부조를 한다.

"니들이 한 게 더 깨끗하다. 이제 니들이 해라. 돈 받고."

개 버릇 남 못 준다더니, 저것들은 누구 하나 그냥 지나가지 못한다. 나이 먹을수록 나잇값 하는 것들 보지 못했다. 우리한텐 나이 값 하라고 발광하면서.

니 딸이나 청소시켜! 돈 받고 니 딸 학교 청소시켜서 부자 돼라!

"청소 깨끗하게 했네! 녀석들 그렇게 깔끔하게 잘 하면서."

두 시간 해서 겨우 본관 신관 끝냈다. '먹코'는 기분이 좋아 보인다. 뭔가 선물을 줄 거 같다. 이제 그만해도 된다는 걸까?

"오늘 청소 잘 했으니까 한 번 더 선택할 기회를 준다. 이번 주 내내 계단 청손데, 계속 청소할래, 아침에 좀 일찍 와 교문 앞에서 10분 동안 피켓팅할래?"

그럼 그렇지! 피켓팅이 '똥개'의 머리에서 나올 리가 없다.

"피켓팅요!"

수정이와 소현이가 동시에 외친다. 이것들이 우릴 모독하는 줄도 모르고, 니들은 피켓팅하고 다신 화장 안 할래?

"좋아! 피켓 내용은 니들이 학생 화장 금지에 맞게 적절한 내용으로 써 오고, 피켓하고 테이프는 내일 아침 교문 앞에 놔둘 테니까 학교 오는 대로 붙여서 들고 있으면 된다. 대신 내일은 화장하고 오면 안 돼."

"네"

잘해 봐라. 나는 내일도 화장해야 하는 몸이니까. '먹코'의 잔꾀에 넘어가지는 않을 테니까. 그런데 자꾸 무슨 주문처럼 국어의 말이 귓가에 울린다.

니 몸의 주인이 누구지?

아, 시바 존나 마음 불편하다.

그래도 '먹코'가 시간을 끌어 줘서 다행히 학원 가는 시간을 넘겼다. 엄마가 알게 돼도 핑계거리가 있으니까 걱정할 건 없다. 이제 마음 놓고 화장할 수 있다. 얼굴을 씻어 내고 기초 화장부터 다시 한다. 베이스로 피부 톤을, 비비크림으로 피부색을 보정하고 컨실러로 잡티를 제거한다. 나는 바뀌고 있다. 내가 원하는 캐릭터가 되고 있다. 아이브로로 눈썹을 그려 넣는다. 텅 빈 눈썹이 채워진다. 아이섀도로 눈두덩에 음영을 주고 아이라이너로 눈이 크게 보이도록 아이라인을 그린 뒤 메이커로 애교살에 음영을 주고 눈물 라이너를 쓴다. 애교가 넘치고 눈물을 머금은 듯한 귀여운 눈이 된다. 마스카라를 하고 블러셔로 뺨에 홍조를 만들고 하이라이터로 얼굴 윤곽을 또렷하게 만든다. 마지막으로 입술에 틴트를 바르고 립글로스로 볼륨감을 준다. 거울 속에는 새로운 나, 내가 원하던 나, 수지보다도 이쁜 내가 있다. 아끼던 티와 청바지를 입고 야상을 걸친다. 사람이 새로 태어난다는 게 바로 이거다. 니들은 죽었다 깨도 모를 테지만.

가로등이 별빛처럼 켜진다. 저절로 고개가 들린다. 세상이 모두 내꺼 같다. 큰 길 사거리 모퉁이에 있는 학원에서 간식 먹으러 나오던 애들이 휘파람을 불어 준다. 가을까지 다니던 학원이다. 기분이 이빠이 업된다.

학원에서 나오던 고등학생 셋이 따라붙는다. 몇 번 본 얼굴이다.

"야, 차 한 잔 어때?"

나는 수정이를 본다. 소현이가 재빨리 말한다.

"오늘 엄마랑 저녁 먹기로 했어. 먼저 갈게."

밤길에 한번 당한 뒤부터 소현이는 남자만 붙으면 도망친다.

"어, 그래!"

소현이를 보내고 우린 소주방 뒷방으로 간다. 와 본 곳이다.

"와, 니들 오늘 정말 이쁘다! 곧 픽업되겠는데!"

"우리 학교 애 하나도 길거리에서 픽업되어 티비 나오잖아. 잘해 봐라."

역시 알아주는 건 오빠들뿐이다. 오빠들 입에서 술잔이 거푸 엎어지고 있다. 나는 한 잔만 먹기로 한다. 화장이 망가지면 안 되니까.

"야, 니들 정말 이뻐! 이쁘다구!"

오빠들 혀가 꼬이고 있다. 내 얼굴을 쓰다듬으려던 손이 자꾸 가슴을 향해 뻗는다. 나는 수정이에게 눈짓을 한다.

"화장실 갔다 올게."

화장실에서 주방을 통해 뒷문으로 달린다. 시껍했다. 그래도 마음이 상쾌하다. 술기운이 아직 남아 있어 걷는다. 사람들이 모두 나만 쳐다본다. 살 거 같다. 괜히 피시방에 들어가 한 바퀴 둘러보고 나온다. 저것들은 게임 모니터에 눈을 박고 있느라 정신이 없다. 재수 없는 것들!

"이 기집애가 어디 싸돌아다니다 이제 들어오는 거야? 학원도 안 가고 이 밤중에! 핸드폰도 안 받고, 납치라도 된 줄 알았잖아? 경찰서에 신고하러 막 나가려고 했는데. 너는 겁나지도 않냐, 이 험한 세상이?"

"안 그럴게요. 낼부터 일찍 들어올게요."

우선 숙이고 들어가야 한다. 패트런을 우습게 알았다간 나만 손해다.

"아빠 오시기 전에 빨리 씻고 자! 낼 아침 못 일어난다고 속 태우지 말고."

"네, 마미!"

이 잘 된 화장 지우기 싫다. 귀찮기도 하고. 낼 또 화장하다 지각할 테고, 지각하면 또 벌 받고 어렵게 한 화장 교문에서 물티슈로 지워야 되고. 그냥 자자. 아, 오늘 정말 일이 많았다, 생각하는 순간 잠에 떨어졌다.

얼굴이 답답해서 깼다. 이불에 비비크림이 잔뜩 묻어 있다.

인간이 어떻게 하고 싶은 짓만 하고 사니? 귀찮아도 할 건 해야지. 나는 어느새 국어의 흉내를 내고 있다. 피식 웃음이 나온다. 클렌징 폼으로 닦아 내고 세수를 한다. 낯선 얼굴이 거울 안에 있다. 얼른 이불을 뒤집어쓴다.

엄마가 깨우는 소리가 들린다. 눈도 뜨이지 않은 머릿속으로 피켓팅 풍경이 들어온다. 아, 시바 학골 안 갈 수도 없고 가려면 피켓팅 안 할 수도 없고.

화장을 안 할 수도 없고, 그렇다고 할 수도 없고.

주근깨만 가리도록 엷게 화장을 하고 A4 용지 두 장을 이어 붙여 재빨리 구호를 쓴 뒤 가방에 넣고 달린다. 10분 일찍 가야 한다.

'화장품 회사 돈 벌어 주려고 내 피부 망칠 수 없다.'

아부의 극치다. 역시 수정이다. 여우같은 기집애. 어떻게 저런 소릴, 마음에도 없는 소릴 할 수 있는지 알 수가 없다.

'우리는 쇼윈도 상품이 아닙니다. 우리는 살아 있는 인간입니다.'

소현이는 좀 알쏭달쏭하다. 풍자인가 중의인가? 그걸 염두에 두고 썼을까? 저 똘이?

'아침부터 물티슈 쓰지 맙시다!'

내 팻말을 본 것들이 낄낄거리다가 교실로 들어간다. 그래도 웃음소리가 맑다. 아침 햇살이 눈을 찌르며 묻는다.

니 몸의 주인은 누구니?

그만 서 있고 싶다.

"야, 너 그게 뭐야? 반항하는 거야?"

'똥개'가 또 시비다. 저거는 소리밖에 지를 줄 모른다. 니는 교양이란 것도 없니? 하라고 해서 하는데 왜 또오~?

"화장 안 하면 물티슈 쓸 일 없잖아요?"

"은유에요, 은유! 아시죠, 은유?"

소현과 수정이 대신 나선다. 저것들은 맞춰 줄 줄 안다. 저것들은 잘 살 거 같다. 나는 멍청해서 안 되는 걸까? 그러나 그렇게 살고 싶지는 않다. 그런데 국어의 질문이 자꾸 마음을 불편하게 한다.

아, 시바! 세상은 하기 싫은 일과 하지 못하는 일, 머리 꿀꿀한 일로 가득 차 있다. 그리고 여우들로. 조낸!

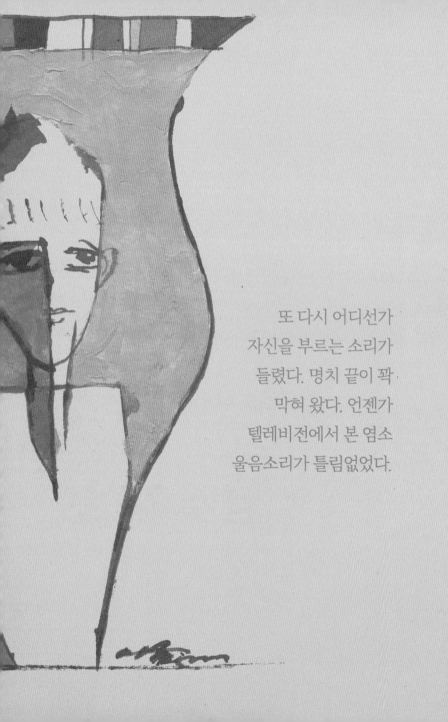

또 다시 어디선가
자신을 부르는 소리가
들렸다. 명치 끝이 꽉
막혀 왔다. 언젠가
텔레비전에서 본 염소
울음소리가 틀림없었다.

"너 가출했지?"

바다가 보이는 작은 항구 도시 시외버스 터미널에 내렸을 때 갈색 점퍼 차림의 사내가 다가와 물었다. 울림이 있는 낮은 목소리였다. 입꼬리를 올리며 시골 아저씨처럼 눈웃음치고 있는 반백의 사내는 유미보다 키가 작아 옹달샘처럼 파인 정수리 부분이 훤히 내려다 보였다.

"아닌데요, 여행 중인데요."

조금은 같잖다는 생각에 유미는 툭 쏘듯 내뱉으며 사내를 비켜 지나쳤다. 얼른 바다가 보고 싶었다. 오로지 바다, 남쪽 바다를 보기 위해 유미는 태어나 처음 혼자 버스를 두 번씩 갈아타고

5백 킬로미터를 달려왔다.

"학기 중에 혼자 여행 다니는 학생이 어딨어? 대학생도 아니고."

지나쳐 왔다고 생각한 사내가 어느새 다시 유미의 앞을 막아섰다. 사내의 점퍼 깃 안, 짧고 굵은 목에 둘려 있는 빨간 스카프를 황당한 시선으로 내려다보는 사이, 단어 하나하나를 끊어 말하는 사내의 목소리에는 뜻밖에도 힘이 들어가 있고, 수더분하게 웃고 있던 얼굴은 근엄하게 굳어 있었다.

"학생증 내놔 봐!"

사내가 점퍼 안주머니에서 지갑을 꺼내 잠깐 신분증을 보여 준 뒤 유미에게 채근했다. 사내의 신분증 사진에는 사내가 경찰관 모자를 쓰고 있었다. 뭔가 잘못돼 가고 있다고 느꼈지만 사내의 위세에 눌려 유미는 등에 진 배낭에서 지갑을 꺼냈다. 사내가 팔을 저만치 뻗어 눈을 가늘게 뜨고 손바닥에 쥔 유미의 학생증을 들여다보고는 혀를 찼다.

"고2? 이런, 이런…… 이 녀석 이거 덩치만 컸지, 순……. 야이 녀석아, 내년에 고3인 녀석이 이게 무슨 짓이냐, 응? 너 대학 안 갈 거야? 넌 지금 방황할 때가 아니라구! 니 부모님과 선생님은 또 얼마나 걱정하시겠냐?"

사내가 유미의 몸을 위아래로 훑었다. 유미는 마치 담임 앞에 서 있는 것처럼 머릿속에서 바람 지나는 소리가 들렸다. 영락없 는 담임의 눈빛이었다.

너 도대체 왜 그러는데? 교단 생활 20년 만에 너 같은 애는 처 음이다, 처음! 너 이러는 거 네 엄마도 아시냐?

그냥 눈 딱 감고 올라가. '그까이꺼' 대학 들어가면 다 끝나 잖아.

엄마는 개그맨 흉내를 냈다. 그렇지만 유미는 정말 체중계에 올라가기 싫었다. 자신의 몸무게와 키를, 가슴둘레를 그들에게 알려 주기 싫었다.

도대체 신체검사를 왜 못 받겠는데? 니들의 체격과 체력이 어느 정도 되는지, 체질이 어떤지 알아야 국가가 니들에게 뭘 해 줘야 할지 판단할 게 아냐?

이해할 수 없다는 표정으로 담임은 여전히 혀를 찼다.

유미는 어디선가 자신을 부르는 소리를 들었다. 소리는 담 밑 에서 밤새 우는 고양이 울음소리 같기도 하고, 어두워지는 바닷 가 언덕 말뚝에 매여 이리저리 방향을 틀어 보는 염소 울음소리 같기도 했다.

불이익 받기 전에 얼른 신체검사 받고 검사 결과지 제출해. 대한민국 고등학생들은 누구나 다 내야 한다고 법으로 규정돼 있어. 너만 안 낼 수는 없다고.

유미는 담임에게 더 이상 기댈 게 없다고 생각했다.

"너 이리 와 봐."

사내가 유미의 배낭을 들고 터미널 끝자락에 있는 버스 뒤편으로 갔다. 어디서 풍겨오는지 모를 찝찔한 바다 내음이 유미의 몸을 훑고 지나갔다.

"아저씨, 여기서 바다가 가까워요?"

사내가 걸음을 멈추고 뒤돌아서며 유미를 올려다봤다. 반쯤 열린 그의 입에서 헛헛한 웃음이 새어 나왔다. 채 깎이지 않은 턱밑수염 몇 올이 그의 입매를 따라 같이 웃었다. 유미는 사내의 그 웃음 속에서 일에 찌든 사람의 피곤한 기색을 읽고 괜히 죄스러워졌다.

"본인 확인 해야 하니까 휴대폰 꺼내 봐."

유미는 청바지 뒷주머니에 찔러 넣은 휴대폰을 꺼내 사내에게 줬다. 끝없이 걸려 오는 엄마와 담임의 전화를 막기 위해 전원을 꺼 놓은 상태였다. 사내는 뚜껑을 열고 다시 팔을 멀리 뻗어 눈살을 찌푸리며 액정 화면을 들여다보다가 자기 주머니에 넣었다.

"이 달이 가출 학생 특별 보호기간이라는 것은 잘 알고 있지? 본부에 가서 신원 확인하고 부모님께 인계해야 하니까, 따라와. 휴대폰도 그때 줄 거고."

사내는 다시 유미의 배낭을 들고 손바닥만한 터미널 마당을 가로질러 앞장서 갔다.

"아저씨, 나는 바다만 보고 갈 건데요."

"본부에 가서 신원 확인 하고 부모님 동의 받은 뒤 바다를 보든 바다에서 살든 니 맘대로 해. 지금 살인 사건이 나서 너하고 실갱이할 시간이 없어."

여태 하던 행동과는 달리 사내는 걸음이 빨랐다. 유미는 손바닥만하게 벗겨진 사내의 뒷머리를 따라 터미널 마당을 가로지르고 울툭불툭 일어선 마름모꼴 보도블럭 길을 뛰듯이 걸었다. 낡고 우중충한 키 작은 건물들이 유미 곁을 빠르게 스쳐 지났다. 숨이 목울대까지 차올랐다. 사내가 갑자기 길을 꺾어 골목으로 들어갔다. 유미는 왠지 그 골목의 입구가 곧 다물어 버릴 커다란

물고기의 입만 같아 주춤, 걸음을 멈췄다.

"아저씨……."

"다 왔어. 얼른 와."

사내는 뒤도 돌아보지 않고 짧게 말했다. 어디서 불어오는지 알 수 없는, 갯내음을 잔뜩 머금은 바람이 자꾸 뒷덜미에서 스멀거렸다.

막다른 골목 끝에, 흰색이 덧칠처럼 묻어 있는 붉은 색의 중국식 벽돌로 된 2층집이 서 있었다. 각 층마다 전지 반 장 크기의 창문이 세 개씩 나 있고, 그 바깥에 녹슨 쇠창살이 격자무늬로 붙어 있었다.

사내가 그 집 현관문을 밀다 말고 유미쪽을 돌아봤다. 사내의 눈이 빠르게 회전하며 유미의 표정을 살폈다. 현관 유리문에는 붉은 페인트 글씨가 세로로 써 있었다.

'항구여관'

유미의 발이 자신도 모르는 사이 뒷걸음질쳤다.

"여기가 임시수사본부다."

"근데, 왜 하필 거기 들어가서 해요? 여기서 해도 되잖아요?"

"장비가 없잖아? 신원 조회 장비가? 시간 없어. 들어가서 빨리 끝내고 가!"

사내가 성큼 현관문을 열고 유미의 등을 떠밀어 넣은 뒤 앞장섰다. 카운터에 앉아 있던 머리 허연 사내가 몸을 일으켜 사내에게 절을 꾸벅한 뒤 엉거주춤 허리를 꺾은 채로 고개를 들고 사내를 쳐다봤다. 얼굴에 주름을 세우고 쉼 없이 눈웃음을 흘리며 사내에게서 눈을 떼지 않는 여관 사내는 그러면서도 슬쩍 곁눈질로 유미를 위아래로 훔쳤다.

"조사 끝나거든 잘 돌봐 줘. 금방 끝낼 거니까."

여관 사내가 연신 굽실거리며 넘겨주는 키를 받아 사내는 유미의 등을 밀며 2층으로 올라갔다. 2층에는 복도가 다시 여러 개의 격자를 이루고 있고, 그 복도마다 사방연속무늬의 노랑 꽃무늬 벽지를 절단하며 갈색문 여섯 짝이 어둑한 복도를 사이에 두고 서로 마주보고 있었다. 아무도 없는 듯 조용했다. 문 앞을 지날 때마다 사내의 갈색 점퍼가 문 색깔과 구별이 없어져서 또각거리는 사내의 구두 발자국 소리만 저 혼자 걸어가는 것 같았다. 머리칼이 곤두서는 걸 느끼며 유미는 어서 빨리 끝내고 나갔으면 싶었다.

사내는 복도 맨 끝의 오른쪽 방문을 반쯤 열어 놓고 들어갔다. 마음이 급해져 유미는 서둘러 사내를 따라 들어갔다.

사내가 시키는 대로, 유미가 그 방의 현관에다 운동화를 벗고 안에 달린 또 다른 방문을 열고 들어가자 털컥 털컥 유미의 등 뒤에서 현관문과 방문이 잇달아 닫혔다.

사내는 방에 들어서자마자 점퍼를 벗고 텔레비전 위, 벽에 붙은 선풍기 앞으로 다가가 뭔가를 조작했다. 사내의 흰색 셔츠 위로 가슴과 목덜미를 치맛자락처럼 덮고 있는 빨간 스카프가 사내의 움직임에 따라 너풀거렸다. 흰 셔츠 위에 빨간 스카프. 신경을 뒤엉키게 만드는 부조화가 유미의 시선을 흔들었다. 갑자기 가슴이 뛰고 살갗에 소름이 쭉 뻗어 나갔다. 사내가 탁자를 딛고 올라가 만졌지만 선풍기는 돌아가지 않았다. 돌아가기는 커녕 선풍기는 금방이라도 벽에서 떨어져 내릴 것처럼 덜컥거렸다. 얼굴이 벌겋게 달아오른 사내가 유미의 눈치를 보다 텔레비전을 켰다. 홈쇼핑 채널에서 등산 레저용품을 팔고 있었다. 창에, 바다에서 헤엄치는 작은 물고기 무늬의 누런 포플린 커튼이 쳐진 방은 기역자로 꺾여 있고, 어둑했다. 창문 반대편에 석자

크기의 조잡한 나무옷장이 뻘쭘하게 서 있고, 그 옆에 마주보고 있는 나무의자 사이로 재떨이가 놓인 유리 탁자가 놓여 있을 뿐, 방 안 어디에도 신원 조회 장비로 보일 만한 것은 없었다. 그 순간, 벽이 조금씩 움직이고 발밑이 물컹거리며 진흙바닥처럼 쑥쑥 밑으로 들어갔다. 유미는 후들거리는 다리를 마음으로 붙잡으며 현관문 쪽으로 다가갔다.

"야, 너 일루 와 서!"

사내가 옷장 앞을 가리키며 날카롭게 말했다. 사내의 말투는 바뀌었고, 이제까지의 피곤하고 지쳐 보이던 눈빛깔도 아니었다. 막 물에서 채 올린 낚싯대를 높이 쳐들고 줄 끝 바늘에 걸려 퍼덕이며 뒤채는 물고기를 손으로 잡기 위해 균형을 잡는 눈빛이었다.

"니가 지금 제 정신이야? 니가 지금 집을 뛰쳐나와 부모님과 학교 선생님, 나 같은 사람들 고생시킬 때냐구?"

자, 이제 마지막 30분 남았습니다. 이처럼 좋은 품질의 물건을 이 같은 가격에 패키지로 만날 수 있는 기회는 앞으로도 영원히 없을 것입니다. 기회를 놓치지 마시고 지금 바로 주문하시기 바랍니다.

"너 같은 놈은 혼 좀 나고 정신을 차려야 돼. 거기 앉아! 일어서! 앉아! 일어서! 앉아! 일어서! 자동으로 백 번!"

사방의 벽이 유미를 향해 조여들고, 발밑이 꺼져 들어가며 몸이 진흙 속으로 쑥 잠겨 버렸다. 정전이 된 듯 머릿속이 캄캄해지며 아무 것도 생각할 수가 없었다.

"동작 봐라! 빨리 못 하나? 5분 안에 끝내지 못하면 다시 한다!"

이마와 얼굴, 목에서 돋는 땀이 방바닥에 뚝뚝 떨어졌다. 유미의 가방을 뒤지던 사내는 생각났다는 듯, 제 점퍼 주머니에서 유미의 휴대폰을 꺼내 배터리를 빼 버렸다.

마지막 기회입니다. 빨리 전화 주시기 바랍니다.

"넌 꿈이 뭐냐?"

오금이 붙어 떨어지지 않는 무릎을 겨우 펴는 유미를 내려다보며 사내가 말했다.

"트, 특별한 게 없는데요"

사람들이 꿈을 묻고, 그것의 중요성을 강조할 때마다 유미는 마음이 불퉁거렸다. 왜 모두들 꿈이 있어야 하고, 왜 그것이 될수록 커야 하는가. 그야말로 꿈에 불과한 것을.

사내가 경멸을 잔뜩 담아 유미를 흘겨봤다. 하기는 꿈이라고
까지 말하기는 뭣하지만 그 비슷한 것이 유미에게도 있긴 했다.
바닷가 마을에 통유리로 된 집을 짓고 한없이 바다를 바라보고
사는 것. 아무 생각 없이 지치지도 않고 그렇게 사는 것. 하지만
사내에게 그렇게 말할 수는 없었다.

"조사하기 전에 한 가지만 묻자. 니 왜 나왔는데? 꿈도 없는
놈이!"

사내는 짧은 다리를 탁자 다리 사이로 넣어 맞은편 의자 끝에
겨우 걸치고 담배 연기로 도넛을 만들며 비스듬히 누워 있다가,
숨을 헥헥거리며 방바닥에 주저앉아 있는 유미를 향해 물었다.
셔츠 소매를 걷어 올린 사내의 왼손 팔목에는 진빨강 손수건 세
장이 묶여 있었다.

"신, 신체검사 받기 싫어서요."

"신체검사? 니가 남자야? 더구나 고등학생이."

"학교에 제출하는 신체검사요."

짧은 다리를 끌어당겨 다시 몸을 일으킨 사내가 자리를 고쳐
앉으며 망연한 표정으로 유미를 건너다봤다.

"신체검사 받기 싫다고 가출해? 학교에서, 나라에서 필요로

하는 신체검사를?"

"내 몸무게를 알려 주기 싫어서요. 내가 돼지도 아니고."

"돼지?"

사내가 피식 웃으며 눈으로 유미의 몸무게를 쟀다.

"야, 그 정도면 챙피해 할 것도 없겠그만 그래. 키가 있는데."

"왜 학교에서 내 체중과 가슴둘레를 알려고 하냐구요? 나만 알고 있어도 되는데."

유미는 자신도 모르게 볼멘소리를 내뱉었다.

"그게 다야? 그것뿐이냐구?"

사내의 목소리에 짜증이 섞였다.

영어 끝나고 과탐 선생 시간 맞춰 놨어. 시간이 없다는 걸 사정사정해서.

밤 열한 시, 수학학원에서 영어학원으로 이동하는 차 안에서 김밥을 입에 넣어주며 엄마가 말했다.

바다가 보고 싶어. 어디 훌쩍 여행이라도 다녀왔으면 좋겠어.

조금만 참아. 2년만 지나면…….

유미는 우적우적 김밥을 씹었다. 이빨 사이로 물소리가 흘러나왔다. 소리는 점점 커져서 파도 소리로 변해 갔다. 유미는 파도 소리를 따라 나섰다. 바다가 눈에 가득 들어왔다. 모래 언덕을 달려 내려갔다. 저 물에 몸이 닿으면 몸도 바다가 될 것 같았다.

몇 개 틀렸어?

뭐가?

오늘 학원에서 수학 시험 본 거?

하나.

왜 틀렸는데?

계산 실수.

실수도 실력이야. 정말 잘 하는 애들은 실수가 없어. 결국 누가 실수를 덜 하냐야.

알았어요.

영어는 잘 볼 수 있지?

김밥을 다 먹기 전에 차가 멎었다. 엄마가 안쓰러운 눈길로 유미와 김밥을 어루만졌다. 유미는 재빨리 김밥을 들고 뛰었다. 엄마가 차를 돌리는 사이 유미는 엘리베이터 옆 쓰레기통에 김밥을 던졌다. 또 다시 어디선가 자신을 부르는 소리가 들렸다. 명치 끝이 꽉 막혀 왔다. 언젠가 텔레비전에서 본 염소 울음소리가 틀림없었다. 말뚝에 매여 이리저리 목줄을 당겨 보던 염소. 어느 방향으로 가도 말뚝은 뽑히지 않고, 말뚝에 매인 줄에 제 스스로 다리와 목을 감던 염소. 유미는 어서 빨리 염소가 매여 있는 바 닷가 언덕에 가 봐야겠다고 생각했다.

그 사이, 사내의 눈꼬리가 채근하듯 성마르게 양옆으로 치켜 올라가고 있었다.

"바, 바다가 보고 싶어서요."

"바다?"

"예. 그리고 바닷가 언덕에 매여 있는 염소를 풀어 주고 싶어 서요."

사내가 이상한 짐승을 보듯 유미를 쳐다봤다.

"야, 그것들은 다 임자가 있는 거야!"

찝찔한 바다 내음은 방 안에도 가득 들어와서 유미의 코를 후 벼댔다. 유미는 손가락을 깍지 껴 지그시 조바심을 눌렀다.

권총과 수갑을 유리 탁자에 올려 놓고 자리에서 일어선 사내 가 측은하다는 듯 연민의 눈초리로 유미를 내려다봤다.

"맘 편안히 먹고 묻는 말에 솔직히 대답하고 아저씨가 시키는 대로 해. 말 잘 들으면 빨리 끝내 줄 테니까."

홈쇼핑 방송에서는 이제 여자 속옷을 팔고 있었다. 브래지어와 팬티만 입은 긴 다리의 러시아 여자가, 색색의 란제리만 걸친 또 다른 러시아 여자들이 화면 밖으로 걸어 나왔다가 등과 엉덩이를 흔들며 다시 안으로 들어가 버리곤 했다. 사내의 눈이 잠시 화면에 머물다가 느닷없이 물었다.

"너, 내 꿈이 뭔지 알아?"

"모, 모르겠는데요."

"나는,"

사내가 눈을 가늘게 뜨고 선풍기 쪽을 바라보며 생각에 잠겼다. 유미는 문득 그의 옆모습이 아빠를 닮았다는 생각을 했다. 꿈에 대해 말할 때 눈이 게슴츠레해지는 것까지.

아빠는, 걸어서 서해에서 동해까지 가 보는 게 꿈이었다. 자신이 태어난 서해 바닷가 마을에서 시작해, 들판을 가로지르고 산을 넘고 강을 건너 동해 바다에 이르는 것이었다. 아빠는 그 꿈을 쉽게 이룰 수가 없었다. 그럴 만큼의 휴가를 낼 수가 없었다. 답답해 하던 아빠는 드디어 결단을 내렸다. 한꺼번에 갈 수 없다면 조금씩 나눠 가겠다고. 지금 아빠는 3년째 걷고 있다. 휴가일에 갈 수 있는 거리만큼 가고, 다음 휴가 때 그곳까지 차 타고 가서 다시 걷기를 시작했다. 그렇게 주어진 시간만큼 걷다가 물집 돋은 발로 절뚝이며 돌아오는 아빠는 후련함과 아쉬움과 또 다른 답답함이 뒤엉킨 얼굴로 아파트 현관문을 들어서곤 했다.

무슨 애가 매사를 귀찮아 하고, 고등학생이 되도록 되고 싶은 게, 하고 싶은 게 없냐고 버럭 짜증을 내는 엄마는 간호사를 그만두고 평범한 가정주부로 사는 게 꿈이었다. 가끔씩 한숨을 섞어 덧붙이기를, 우리 유미 다 크면 첼로를 배워 연주하고 싶은 게 또 다른 꿈이라고 했다. 그러면 자신의 답답한 가슴이 풀릴 거라고. 그렇지만 엄마는 흰 가운을 벗지 못했다.

"내 꿈은,……"

그러고 나서 사내는 다시 입을 닫았다. 꿈은 누구에게나 말하기 어려운 것인 모양이었다.

논술을 가르치는 국어 선생은 꿈을 두 가지로 나눈 뒤, 다시 하나로 묶으라고 했다.

우리는 꿈 하면 밤에 잘 때 꾸는 꿈을 먼저 떠올린다.

좋다. 서두는 그렇게 시작하면 된다.

그리고 그 꿈을 자신의 이상과 연결시켜서 써 나가면 된다. 무

엇이 되고 싶은지, 그러려면 무얼 어떻게 해야 하는지, 경로가
뚜렷하고 구체적일수록 좋은 점수를 받는다.

하지만 이상하게도 유미는 한 번도 무엇이 되겠다, 무엇을 해
보겠다 꿈꾸어 본 기억이 없었다. 학교를 다니기 시작한 이래,
그냥 하루하루 지탱하기도 버거웠다. 그러기에 꿈을 주제로 한
논술은 어려웠다.

"너 신상옥 알아?"

"모르는데요."

"신영균은? 최무룡은? 최은희는?"

"모, 모르는 사람들인데요."

사내가 갑자기 텔레비전 볼륨을 최고로 높였다.

"이리 가까이 와."

유미가 엉거주춤 다가가자 사내가 의자를 들고 바짝 다가왔
다. 그의 입에서 술 냄새 비슷한 구강 청결제 냄새가 솟구쳐 올
라왔다.

"여기 앉아."

유미는 의자에 앉고, 사내는 섰다. 유미의 눈앞에 아래 위 단
추와 단추 사이 앞섶이 벌어진 사내의 하얀 셔츠가 가로막고, 그

셔츠의 벌어진 틈으로 구불구불한 사내의 가슴털이 뭉쳐 있는
게 보였다. 불룩 솟은 사내의 두 가슴이 양쪽에서 잡아당기는 바
람에 생기는 틈이었다. 시선을 내리며 유미는 출렁거리는 불안
감을 이빨로 깨물었다.

"지금부터 솔직하게 말해야 한다."

"뭘요?"

"토 달지 말고, 묻는 말에 대답만 해!"

사내가 불쑥 소리를 높여 유미의 말을 잘랐다. 유미는 사내가
자기 손에 쥔 유미의 목줄을 이리저리 흔드는 것만 같았다.

"너 '금순이네 집'에서 도망쳐 나왔지? 솔직히 말해, 임마!"

"거기가 어딘데요?"

"부두 사창가!"

집 나가면, 학교 안 나오면 니들이 갈 데가 어딨는데? 공장 아
니면 유흥가나 사창가지.

담임의 말이 귓가에 울렸다.

"아, 아뇨. 지, 집에서 왔는데요."

"집? 집이 어딘데?"

"서, 서울인데요."

"서울 어디?"

"예? 서울 강남구,"

"그건 옛날에 살던 데잖아? 지금, 지금 어디 사냐구?"

"지, 지금도 거기 사는데요."

"니가 집이 어딨어? 도망쳐 나온 놈이. 됐어! 그건 이따 확인해 보면 알거구. 일어서!"

유미는 자신도 모르는 사이 벌떡 일어섰다. 사내가 한 발 뒤로 물러서며 디자이너가 치수를 재듯이 유미의 몸을 위아래로 천천히 톺아보다가 다시 한 발 다가서며 제 오른손 손끝으로 유미의 턱을 받쳐놓고 얼굴을 살핀 다음 두 팔을 옆으로 뻗게 하고 가슴에서 배, 앞다리와 무릎을 거쳐 앞정강이와 발등, 발가락 끝까지 손바닥으로 천천히 훑었다. 사내의 표정이 하도 진지해 유미는 근질거리고 소름끼치는 이물감을 표현할 수도 없었다.

"뒤로 돌아!"

사내의 손이 정수리에서부터 뒷머리를 거쳐 두 귓불과 목덜미에 한참 머물렀다.

"근데, 왜 그러시는데요?"

사내의 손이 뜨거워지고, 또한 그 손이 어떻게 움직일지 모르겠다는 생각에 신경이 곤두서서 유미는 묻지 않을 수 없었다.

"잔말 말고 똑바로 서!"

사내가 터무니없이 큰소리로 을러댔다. 사내는 두 손바닥으로 어깨에서부터 등과 허리를 거쳐 엉덩이와 뒷다리와 오금을 지나 발뒤꿈치까지 쓰다듬었다. 이제 사내의 손은 뜨겁게 달궈져 있었다.

"너 '빨간 마후라' 봤어?"

사내가 특유의 저음으로 물었다. 목소리가 축축하게 젖어 있었다.

"그, 그게 뭔데요?"

"한국 영화의 최대 걸작 '빨간 마후라'를 모른단 말야?"

"모, 모르겠는데요."

"그러니 니가 내 꿈을 어떻게 알겠니? 됐다, 됐어! 앞으로 돌아!"

사내의 얼굴이 화가 난 듯 벌겋게 달아올라 있었다.

"내가 꼭 검사해 보기 전에 니 입으로 솔직히 말해. 너 사창가에서 도망쳤지?"

"아, 아닌데요!"

"그럼 위에 옷 벗어 봐! 검사해 보면 알겠지. 사창가에서 도망쳤는지, 순수한 가출인지."

"그, 그걸 왜 해야 하는데요?"

"니가 살인 사건을 저지른 범죄 조직에 연루되어 있는지 아닌지 확인해 봐야 될 것 아냐? 빨리 벗어?"

사내가 손을 치켜드는 것과 동시에 유미는 소리를 지르며 두 팔로 가슴을 싸안았다. 왜 이런 일이 자신에게 일어나고 있는지 도무지 알 수가 없었다.

"야, 너 경찰서 가서 여러 사람 앞에서 검사 받을래, 지금 나한테 받을래? 거기 가면 조서 작성하고 잘못하면 검찰에 넘겨질 수도 있어."

"아저씨, 뭔가 잘못된 것 같아요. 엄마한테 전화해 보세요. 엄마한테 확인하면 되잖아요? 아니면 선생님한테요."

"조사가 끝나야 연락하지! 니가 협조를 해. 그래야 나도 빨리 끝내고 니 부모나 선생님한테 인계할 수 있을 거 아냐?"

답답하다는 듯 사내가 유미의 어깨를 쓰다듬으며 말했다. 유미는 팔을 바짝 죄며 벽 쪽으로 붙었다. 벽의 차가운 감촉이 팔뚝으로 스며들었다. 왜 그렇게 덥석 사내를 따라왔단 말인가, 유미는 그대로 벽 속에 스며들고 싶었다.

그때, 사내가 유미의 티셔츠 앞뒤 아래 끝을 머리 위로 확 올려 잡고 브래지어를 풀었다. 단 한 순간, 단 한 번의 손놀림이었다. 유미는 두 팔과 머리까지 티셔츠에 감싸여 묶인 채 꼼짝할 수가 없었다. 유미는 주저앉아 무릎으로 가슴을 막았다.

탁, 하고 스위치 올라가는 소리가 들리고 방 안에 불이 들어오는 것을 유미는 자신의 티셔츠 안에서 느꼈다. 유미는 무기가 있어야겠다고 생각했다. 사내를 물리칠 무기를 손에 잡아야 한다고 생각했다.

유미의 겨드랑이를 쓰다듬던 사내의 손이, 가슴에 붙었던 유미의 무릎이 잠깐 떨어진 틈을 타 젖꼭지를 툭툭 건드렸다.

"뭐가 이렇게 커? 너 고등학생 맞아?"

모멸감과 함께 분노가 솟구쳐 유미는 뒷머리로 사내를 들이받았다. 그렇지만 사내는 가볍게 피하며 이죽거렸다.

"걱정 마. 이렇게 유난히 큰 젖통을 좋아하는 사람도 있으니까. 다행히 젖꼭지도 선홍색으로 붉고."

"이 나쁜 놈!"

그렇지만 유미의 분노는 입이 막혀 입 밖으로 빠져나가지 못하고 몸만 뒤틀고 있었다.

"야, 얌새이처럼 매매거리지 말고 가만히 좀 있어! 이렇게 협조하지 않으면 시간만 지체한다는 거 알지? 시간 오래 끌면 너나 나나 피차 괴롭고."

유미가 몸을 뒤트는 것에 따라 사내의 손은 배꼽을 찔러 보기도 하고 아랫배를 쓰다듬다가 다시 젖을 감싸쥐기도 했다. 구강제 냄새와 뒤섞인 담뱃진 냄새가 뜨거운 김을 뿜으며 목덜미에 닿곤 했다.

"야, 야, 가만 좀 있어. 검사할 수가 없잖아! 그나저나 이걸로는 안 되겠다. 밑을 봐야지."

유미는 마구 발길질을 했다. 몸을 틀고 펄쩍펄쩍 뛰고 몸을 방바닥에 굴려 사내를 뿌리쳤다. 이럴 수는 없었다. 이렇게 황당할 수는 없었다. 바다가, 바다가 보고 싶어 왔을 뿐인데.

한참 뒤 유미는 구석에 웅크리고 있는 자신의 거친 숨소리를 느낄 수 있었다. 사내도 저만큼 텔레비전 앞에 서서 씨근덕거리는 숨을 정리하고 있었다. 구겨진 사내의 빨간 스카프는 그의 짧은 목에 발끝의 양말처럼 말려 있었다. 사내에게 가려 텔레비전

화면은 보이지 않고 톤이 높은 여자 호스트의 새된 목소리만이 벽과 천장에 부딪쳐 튀어 오르며 거미줄을 치듯 방 안에 소리의 그물을 짜고 있었다. 아무리 살피고 머리를 짜도 빠져 나갈 길이 없었다. 무기가 될 만한 것도 없었다.

유미는 의자를 생각했다. 들어서 사내를 내려치기엔 너무 무거워 보였고, 거기까지 접근하기가 쉽지 않아 보였다. 게다가 사내는 지금 그 의자에 앉아 있었다. 차라리 벽에 붙은 선풍기를 떼어내 사내의 얼굴을 후려치는 것이 나을 것 같았다. 유미는 커튼을 생각했다. 타잔처럼 붙들고 뛰어올라 그를 덮어씌운 뒤 묶어 버리고 싶었다. 그러나 그곳까지 뛰어가기도 전에 사내의 손아귀에 붙들릴 것이었다. 유미는 텔레비전 전선줄을 생각했다. 그 줄로 그의 목을 매달고 싶었다. 그러나 그것은 자칫 힘이 센 그의 무기가 될 수도 있었다. 그렇다면 총이었다. 저 총만 잡으면 사내의 손목을, 그리고 머리통을 바숴 버릴 수도 있을 것이었다. 그런데 저걸 빼앗는다 해도 어떻게 쏘지?

사내가 유미가 있는 구석으로 다가왔다. 유미는 팔로 무릎을 깍지 꼈다. 남은 무기는 자신의 머리를 옷장 모서리에 부딪거나, 아니면 벽에 으깨어 버리는 것밖에 없어 보였다.

"경찰서 가서 하겠단 말이지! 좋아. 일어서!"

유미는 깍지 낀 팔을 풀지 않았다. 사내가 수갑을 오른손에 쥐고 왼손바닥에 탁, 탁 쳤다.

"니가 말을 듣지 않으면 어쩔 수가 없어. 일어나!"

"조사 받을 일이 있으면 경찰서에 가서 받겠어요. 내 몸에 손도 대지 마세요. 그 전에 엄마한테 연락하겠어요."

"좋아, 좋아! 원하는 대로 해 주지. 얼른 일어나!"

"휴대폰 먼저 주세요."

사내가 유미의 몸에서 눈을 떼지 않고 천천히 자신의 점퍼가 걸린 옷걸이에 다가가 유미의 휴대폰을 꺼냈다.

"밧데리도 같이 줘야겠지?"

사내가 휴대폰에 배터리를 끼워 전원을 켠 뒤 유미에게 다가왔다.

"거기서 던지세요."

"던지면 안 되지, 고장나면 너만 손해잖아."

"그래도 던져 주세요."

"괜찮아. 니 몸엔 손도 대지 않을 테니까 휴대폰만 받아."

사내가 좀 떨어진 곳에서 휴대폰을 내밀었다. 얼핏 마주친 사내의 눈빛은 뜻밖에도 우수와 연민으로 가득 차 미세하게 흔들리고 있었다. 망설이다가 유미는 손을 내밀었다. 휴대폰에 손이 닿는 순간, 사내가 휙, 유미의 손목을 낚아채 잡아당겼다. 유미의 몸이 순식간에 그에게 딸려들어 갔다. 기다리고 있던 사내가 유미의 두 팔을 등 뒤로 돌려 자신의 왼손아귀로 두 손목을 움켜잡았다. 유미는 꼼짝도 할 수 없었다.

"놔! 이 나쁜 놈, 놓으란 말야!"

이제 5분 남았습니다. 5분 안에 당신의 삶이 바뀝니다. 어서 빨리 주문하시기 바랍니다.

사내의 오른손이 유미의 바지 앞단추를 풀고 있었다. 유미는 다리를 굴러 펄쩍펄쩍 뛰었다.

"이거 왜 이렇게 질겨! 얌새이 새끼처럼."

유미는 몸을 흔들어 사내의 얼굴에 머리를 박았다. 사내는 꿈쩍도 안했다. 유미는 자신도 염소처럼, 소처럼 뿔이 있었으면 좋겠다고 생각했다. 뿔로 그의 심장을 구멍 냈으면 좋겠다고 생각했다.

사내의 오른손이 유미의 바지 지퍼를 내렸다. 유미가 몸을 뒤
트는 바람에 바지가 밑으로 내려가 종아리에 걸렸다. 사내가 유
미의 팬티를 밑으로 확 잡아 내렸다. 유미는 펄쩍 뛰어 엉덩이
를 방바닥에 댔다. 사내가 오른손으로 유미의 사타구니를 더듬
으며 몸을 붙여 왔다. 유미는 재빨리 사내의 왼쪽 어깨에 이빨을
박았다. 사내의 손은 멈추지 않고 손가락 하나가 유미의 밑으로
쑥 들어왔다. 유미는 흡 하고 숨이 막혀 사내의 어깨를 문 이빨
을 놓았다.

　그때, 사내의 휴대폰이 요란하게 울렸다. 사내가 유미를 깔고
앉아 입을 틀어막았다.

　"뭐? 왜?"

　몸을 빼내려 했지만 사내는 바짝 힘을 주어 엉덩이로 찍어 누
르면서 유미의 입을 더 세게 틀어막았다. 턱이 바스러지는 것 같
았다.

　"알았어. 금방 갈게. 수고!"

　사내가 유미의 몸에서 떨어지며 유미의 몸에서 빼낸 제 손가
락을 입으로 빨았다. 그리고는 자신의 왼손 팔목에 묶여 있던 손
수건을 풀어 유미의 두 손목과 두 발목과 입을 묶었다.

"아직 조사가 덜 끝났으니까 본부 들어가서 급한 일 끝내고 올 때까지 기다린다! 알았나?"

사내는 권총과 수갑을 제 몸에 두른 다음 빨간 스카프를 정성스럽게 매만지고 펴 다시 맨 뒤, 점퍼를 입고 유미의 휴대폰을 제 주머니에 넣었다.

유미는 옷이 모두 벗겨진 채 세 토막으로 묶여 옆으로 눕혀져 있는 자신의 몸을 내려다봤다. 앞으로 어떻게 될 것인가에 대한 두려움보다도 자신이, 오늘 하루가 납득할 수 없었다. 어떻게 이런 일이 일어날 수 있다는 말인가. 단지, 단지 바다를 보려고 왔을 뿐인데.

이제 1분 남았습니다. 1분이 지나면 오늘 행사는 마감됩니다. 아, 이제 50초 남았군요. 이 시간을, 다시는 오지 않을 이 아까운 찬스를 놓치지 말기 바랍니다.

문 쪽으로 가던 사내가 갑자기 얼굴이 벌겋게 달아올라 유미에게 달려들었다. 사내는 제 바지를 내리고 유미의 묶인 발목을 풀어 다리를 벌린 뒤 제 몸을 밀어 넣었다. 분노보다도, 어처구니없음보다도, 밑이 찢어지는 듯한 아픔 속에서 유미는 자맥질을 했다. 자신을 구성하고 있는 우주의 갈비뼈들이 우두둑우두

둑 부러지고 천장이 무너지는 소리가 뼛속을 울렸다.

"너, 내 꿈이 뭔지 가르쳐 줘? 내 꿈은 영화감독이야. 한국 최
고의 감독 신상옥 같은. 아참, 너는 그런 사람 모를 테니까, 상관
도 없지만."

사내가 바지를 입으며 말했다. 사내의 시선은 선풍기를 보고
있었다. 거기 누군가가 있는 것처럼.

자신도 모르는 사이 까무룩 잠이 들었다가 유미는 깨어났다.
밑이 여러 갈래로 찢어진 것처럼 아파 왔다. 한동안 몸을 묶은
수건을 풀려고 힘을 쓰고 버둥댔던 탓에 손목과 발목도 극심
하게 조여 왔다. 입귀로는 수건을 적시고 남은 침이 줄줄 새고
있었다.

창밖이 어두워지고 있었다. 어두워지고 밤이 오면…… 사
내가 돌아오고 자신은 또 다시 도살될 것이었다. 그 다음에
는…….

이 시간에는 이제는 현대생활의 필수품이 된 멋진 디지털 캠
코더를 소개해 올리겠습니다.

텔레비전 소리가 넋을 놓고 누워 있는 유미의 몸을 가닥가닥 찢어 놓고 있었다. 이렇게 완전히 찢어져서 형체도 없이 사라져 버렸으면 좋겠다는 생각이 텔레비전 소리를 자꾸 자신의 몸속으로 끌어들이고 있었다.

우리가 들에 나가 멋진 새를 봤다고 합시다. 우리는 그걸 사진으로 찍을 수 있습니다. 그러나 여러분도 잘 아시다시피 이 작은 캠코더는 정지 상태의 사진은 물론 새의 모든 동작과 소리까지 찍을 수 있습니다. 무엇보다도 크기가, 놀라지 마십시오. 크기가 여러분이 갖고 계시는 휴대폰보다도 작습니다.

문득 유미는 텔레비전을 박살 내고 싶었다. 유미는 등으로 기어가 텔레비전 전선줄에 두 발목을 감아 잡아챘다. 그 순간, 방 안을 점령하고 있던 소리의 세상이 사라지고, 투두둑 벽에서 선풍기가 떨어져 내렸다. 뒤이어 필통만한 물체가 유미의 가슴을 내리치고 방바닥에 떨어졌다. 아직도 전원이 켜져 있는 작은 캠코더였다.

갑자기 막막한 시간이 방 안을 채우기 시작했다. 그때서야 유미는 자신이 울고 있다는 걸 알았다. 염소처럼 울고 있었다. 바닷가 언덕의 말뚝에 매여 있는 염소는 바로 자신이었다. 그렇지만 자신은 말뚝을 뽑을 수가 없었다.

할 수 있는 일이 무엇일까? 할 수 있는 일이 남아 있기나 한 것일까?

유미는 몸을 굴려 그 반동으로 등을 벽에 붙인 뒤 천천히 일어나 보았다. 다섯 번 만에야 몸을 일으켜 세울 수 있었다. 유미는 뒷몸으로 벽을 더듬어 방을 반 바퀴 돌아 기역자로 꺾여 튀어나온 벽 모서리에 손목을 묶은 수건을 문질러 비볐다. 벽 모서리의 벽지가 벗겨지고 시멘트가 나오면서 마찰이 강해졌다. 그와 함께 손목의 살갗이 타들어왔다. 유미는 입을 묶은 수건을 이빨로 깨물며 비벼 댔다. 살갗이 타는 노린내가 뒷골을 후벼 팠다. 유미는 멈추지 않았다. 손목을 풀지 못하면 아무 것도 할 수 없었다.

손목을 묶은 수건이 끊어졌을 때 손목은 거멓게 타 있었다. 온몸에 식은땀이 소름처럼 돋았다. 유미는 발목을 풀고 입을 풀었다. 문은 밖에서 잠겨 있었다. 유미는 밖을 향해 소리를 지르려고 하다가, 멈췄다. 들어올 때 보았던 여관 사내의 눈웃음이 떠올랐기 때문이었다. 나갈 수 있는 곳은 창문밖에 없었다. 유미는 얼른 옷을 입고 방문을 안에서 잠근 뒤 창문을 떼어 냈다. 그리고 창살을 흔들었다. 꿈쩍도 하지 않았다.

유미는 자신이 그야말로 염소가 되어야 한다고 생각했다. 염소같이 질겨야 한다고 생각했다. 벌써 거리의 상점과 가등에 불이 들어오고 있었다. 유미는 소리를 죽여 가며 쉬지 않고 창살을 흔들었다. 녹가루가 푸실푸실 손으로 얼굴로 가슴으로 떨어졌다. 어쩌면 녹가루만이 희망일지도 몰랐다.

창 오른쪽으로 사내를 따라 들어왔던 골목길이 어둠에 잠겨 있다 가등에 불을 켜고 있었다. 골목은 지금도 누군가를 기다리며 저렇게 아가리를 벌리고 있는 것이었다. 눈물 한 방울이 가슴에 떨어졌다. 이 세상 모든 골목은, 모든 길과 광장은 이렇듯 함정일 것이었다.

한 시간쯤 창살을 흔들었을 때, 창살을 고정한 한쪽 귀퉁이의 못이 툭 하고 떨어져 나왔다. 유미는 저린 손목에 힘을 주었다. 툭, 툭, 툭 창살을 박아 놓은 고정못이 시차를 두고 부러져 나갔다. 맹렬하게 배가 고프고, 문득 라면이 먹고 싶었다. 유미는 라면을 향해 남은 힘을 쏟았다.

창살 한쪽에 틈이 벌어졌다. 유미는 의자로 창살을 밖으로 밀어젖히고 창틀에 올라 무릎을 구부리고 앉았다. 멀리 어둠 속에 고기잡이배로 보이는 불빛 몇 점이 번져 있었다. 거기가, 저 시커먼 어둠이 바다일 터였다.

캠코더를 넣은 배낭을 먼저 던지고 유미는 몸을 날렸다. 자신의 몸이 찢어지며 흘린 피가, 그 피가 묻은 방바닥이, 그리고 그 모두를 담았을 필름이 잠시 눈앞에 아른거렸지만 눈을 감지는 않았다. 어차피 밑은 깊이를 가늠할 수 없는 어둑한 낭떠러지였다.

'퍼덕' 하고 순식간에 몸이 시멘트 바닥에 떨어졌다. 몸을 일으켰으나 발목이 으스러졌는지 오른발을 잠시도 딛을 수가 없었다. 유미는 배낭을 메고 왼발로 체중을 실어 뜀뛰듯 걸었다. 그 사이 몸을 일으킨 여관 입간판 불빛이 도망 경보를 울리듯이 세차게 돌아가고 있었다. 유미는 서둘렀다. 습기에 젖은 밤바다 내음이 성한 발목을 자꾸만 잡아챘다. 유미는 한 발로 뛰었다. 유미의 거친 호흡을 따라 오른발이 질질 끌리며 기를 쓰고 골목을 빠져 나오고 있었다.

버스 터미널이 보이고 파출소가 보였다. 유미는 고개를 흔들며 시가지의 불빛 반대편, 울툭불툭한 보도의 끝까지 어둠을 향해 절뚝절뚝 한 발로 뜀을 뛰며 걸었다. 바다는 보이지 않았다. 염소 울음소리도 들리지 않았다. 유미는 어둠속에서 반짝이는,

주인이 누구인지 알 수 없는 불빛을 향해 몸을 끌며 입안에 고인 침을 뱉었다.

용감한 형제

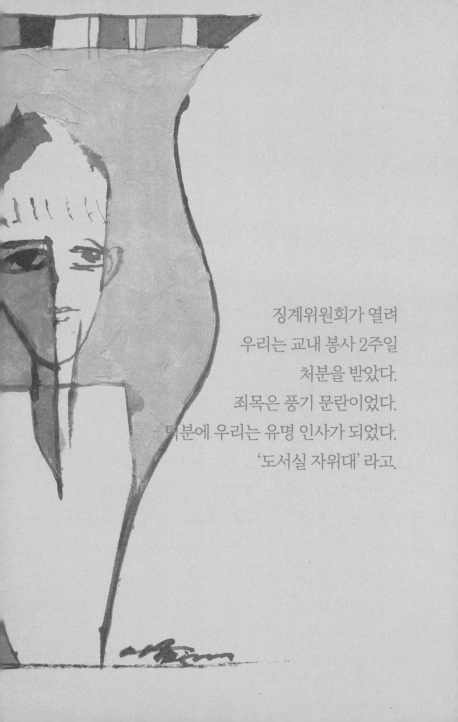

징계위원회가 열려
우리는 교내 봉사 2주일
처분을 받았다.
죄목은 풍기 문란이었다.
덕분에 우리는 유명 인사가 되었다.
'도서실 자위대'라고.

아무래도 우리는 사람이 아닌 것 같다. 학생부 샘들 말처럼 우린 짐승이 틀림없다.

우리가 걸린 것은 형수 때문이었다. 자식이 그게 터져 나오는 순간에 참지 못하고 짐승 소리를 냈기 때문이었다. 병신 같은 새끼! 우리는 제대로 하지도 못했는데.

우리는 학생부로 끌려 갔다. 여자애들이 신기한 동물들을 보듯 키득거리며 우리를 쳐다봤다. 나는 제발이지 그 안에 희지가 없기를 바랐다.

"학년, 반, 번호, 이름 쓰고, 누가, 언제, 어디서, 무엇을, 어떻게, 왜, 육하원칙에 따라 쓴다. 이게 몇 번째인지, 과거에 한 짓들도 빠짐없이 쓴다. 원칙에 맞지 않게 쓰거나 사실과 다르게 쓰는 놈은 가중 처벌을 받는다. 실시!"

불독이 진술서와 검정색 모나미 볼펜을 한 자루씩 주고, 낮은 목소리로 빠르게 말했다. 불독의 굵게 주름이 팬 이마가 씰룩거리고 밑으로 늘어진 볼살이 경련하듯 출렁거렸다. 우리는 서로 얼굴을 마주보지 못하도록 학생부 바닥에 각기 다른 방향으로 엎드려 진술서를 쓰기 시작했다.

'나, 신지식, 상형수, 이문호, 박범진 다섯 사람은 6교시 국어 시간에 도서실에서 딸딸이를 쳤습니다. 꺼내 놓고 손으로 쳤습니다. 참지 못해서 그랬습니다. 잘못했습니다. 다시는 안 그러겠습니다.'

더 쓸 말이 없었다. 고개를 드니, 지식이는 아직도 잔뜩 쓰고 있고, 형수는 코딱지만 후비고 있었다. 문호는 몇 줄 써 놓고 명상하듯 눈을 감고 있고, 범진이는 그 밑 공간에 그림을 그리고 있었다. 그림이 취미인 녀석은 펜만 손에 쥐면 책이건 공책이건 벽이건 아무 데나 그림을 그린다. 그때마다 두들겨 맞고도 버릇을 고치지 못한다.

불독이 진술서를 걷어 갔다.

"또 3학년 18반이야?"

다 알면서도 그는 눈을 가늘게 뜨고 코를 찡그리며 물었다. 우리는 담임만 또 욕먹게 만든 것이다.

"뇌 멕이는 건 좋은데, 책임은 져야 할 것 아냐? 어떻게 사고 쳤다 하면 3학년 18반이냐고?"

담임은 교사는 통제하는 사람이 아니라 학생들의 삶을 도와주는 사람이라고 했다. 우리에게 스스로 판단하고 결정하고 행동하되, 그에 따른 책임을 지라고 했다. 상담은 자주했지만, 조례 종례는 잘 들어오지 않았다. 우리가 아무리 난리를 쳐도 매를 들지 않았다.

진술서를 읽던 불독이 범진을 불러 엎드려뻗쳐를 시켰다. 당구채 윗부분을 잘라 만든 매로 엉덩이 세 대를 맞은 범진은 비명을 지르며 데굴데굴 굴렀다. 진술서에 그림을 그린 죄였다. 아무것도 쓰지 않은 형수는 다섯 대를 맞았다. 형수의 입에서 또다시 신음 소리가 흘러나왔다. 녀석의 신음 소리는 도서실에서 그 짓을 할 때 내는 소리와 구별이 안 됐다. 호랑이가 울부짖는 소리 같기도 하고, 말이 콧바람을 내는 소리 같기도 하고. 녀석은 무릎으로 기어 우리 쪽으로 왔다. 나와 문호는 자세히 쓰지 않았다고 두 대씩 맞았다. 엉덩이가 떨어져 나가는 것 같았다. 손바닥에서 발바닥까지 저릿거렸다.

"대딸? 대딸이 뭐야?"

지식이가 불독에게 불려갔다. 지식이는 우물쭈물했다.

"그냥 말할래, 맞고 말할래?"

"그, 그냥 말하겠습니다! 대딸은 대신 쳐 주는 것입니다."

지식이가 재빨리 말했다. 미친 놈! 녀석은 쓰지 않아도 될 얘기를 써서 화를 자초한 것이다. 대딸은 지난주 국어 시간 얘기였다. 국어샘이 너무 예쁜 처녀샘이었기 때문이었다.

"너는 누구 걸 대신 쳐 줬는데?"

지식이가 범진의 눈치를 봤다. 범진은 고개를 숙였다.

"시험 끝나면 학생들은 쉬고, 교사들만 학교에 나와 성적 처리하면 되는데 너희들을 왜 붙들어 놓아야 하는지 모르겠다!"

기말고사도 끝나고 진도도 다 끝나, 수업 시간에 뭘 할까 난감해 하던 국어샘은 도서실에서 수업했다. 교실에서 비디오를 보거나 떠들고 노느니 도서실에서 읽고 싶은 책을 읽으라고 그런 것이다.

다른 애들이 읽을 책을 빼간 뒤, 우리는 책을 고르는 척 맨 안쪽 서가에 들어가 딸딸이를 쳤다. 그날 나는 형수 것을 붙들고 쳐 줬다. 녀석의 것이 항상 제일 빨리 나와 치기가 좋았다. 천천히 하다가 속도를 높이자 갑자기 녀석의 몸에서 우윳빛 물줄기가 뿜어져 나와 포물선을 그리며 책등에 떨어졌다. 그것들은 딱딱하게 등을 지고 서 있는 책들을 부드럽게 쓰다듬으며 흘러내렸다. 형수는 그 순간, 주먹을 제 입안에 쳐넣고 다른 한 팔로 나를 꼭 끌어안았다. 힘이 얼마나 센지 숨이 막혀 왔다. 나는 그런 얘기까지 쓸 수는 없었다. 그렇지만 지식이 놈이 먼저 불은 터라 피해 갈 수가 없었다. 덕분에 지식이 놈만 맞지 않았다.

"이 녀석들, 도서실이 자위실이냐? 그것도 수업 시간에! 누가 먼저 하자고 했어?"

아무도 대답하지 않았다. 불독이 의자에서 일어났다. 아무래도 다 맞을 것 같았다.

"제가 하자고 했습니다."

내가 손을 들었다. 피해를 줄이려면 사실대로 말할 수밖에 없었다.

"또 너야? 김갈치, 또 너냐구?"

"제 이름은 김철상입니다."

소용없다는 것을 알면서도 나는 뻣대고 싶었다.

"김철상? 너 언제 개명했어? 내 허락도 없이!"

나는 대답하지 않았다. 불독이 내게 바짝 다가왔다.

"담배와 술은 여전히 하겠고, 지금은 코흘리개 돈은 갈취하지 않는다? 이제 그건 물려서 업종을 바꾼 거야?"

물론 나는 아직도 하급생들에게 돈을 빌려 쓴다. 한 번도 갚지는 않았지만 어쩔 수 없다. 게임 머니가 늘 부족하기 때문이다. 그걸 갈취라 하고, 내 이름을 김갈치라 한다면 그 또한 어쩔 수 없다. 지들은 부르기 편한 대로 부르고, 나는 이름값을 하면 되는 것이다.

"야 이 녀석아, 네 동생 반만 닮아라, 반만!"

불행하게도 불독은 내 동생 철호의 담임이다. 그래서 우리 집 사정을 알 수밖에 없다. 철호는 한 살 아래지만 덩치도 나보다 크고 잘 생겼다. 중학교에 들어와서 전교 1등을 놓친 적이 없다. 녀석은 한 마디로 괴물이다. 스타크래프트에 목숨을 거는 나와 달리 한 번 책상에 앉으면 일어날 줄을 모른다.

그러나 동생 얘기를 듣는 순간, 나는 숨이 거칠어졌다. 숨이 거칠어지면 나는 이내 눈이 뒤집힌다. 봄에 1학년 애들 돈 갈취 사건으로 걸렸을 때도 불독한테 맞다가 눈이 뒤집혀 학생부 탁자를 뒤엎은 적이 있다. 등교 정지를 당하고, 전학을 권유받았지만 버텼다. 전학 권유가 부당하다고 생각한 엄마가 교육청에 민원을 넣으러 갔다가 중학교는 의무교육이라 자를 수 없고 강제로 전학 보내기도 쉽지 않다는 걸 알았기 때문이다.

내 상태를 눈치 챈 것일까? 불독의 목소리가 은근해졌다.

"니네집 이불 속이나 화장실에서 치는 것은 자유지만 수업 시간에 치는 것은 아니잖아? 왜 그랬는데?"

"심심해서요."

지식이가 얼른 말했다. 내가 숨이 거칠어지고 있다는 걸 눈치로 깐 것이다.

"심심해서? 수업 시간에? 뭐가 그렇게 심심한데?"

불독도 나를 흘낏 훔쳐보다 내 옆을 지나쳐 지식이와 상대했다.

"책도 안 잡히고, 뭐 할 게 없다는 생각이 들어서……."

반 대항 축구대회도 끝나고 정말 할 게 없었다. 날마다 비디오 테이프를 보거나 인터넷으로 영화를 다운받아 보지만 갈수록 재미가 없었다. 보는 애들도 없었다. 특목고 준비를 하는 애들은 아예 학교에 안 오고 학원에 가거나 학교에 와도 기술실에 따로 모여 공부했다. 나는 외고나 과고 갈 주제도 못 되지만 실업고 갈 정도는 아니어서 인문고 배정만 기다리면 된다. 학원에서 고등학교 과정을 미리 배우지만 재미도 없고, 학교까지 와서 그걸 붙들고 싶지도 않다.

"또?"

"…… 재밌을 거 같아서요."

"수업 시간에 치는 것이 재밌을 거 같아서?"

"…… 네……."

"재밌을 거 같으면 언제 어디서나 니들 맘대로 하면 되는 거네?"

"아, 아뇨!"

"근데, 교과 담당 선생은 뭐 했지?"

이제 불똥이 국어샘에게 튀고 있었다. 우리야 몇 대 맞고 처벌받으면 되지만 국어샘은……. 형수 녀석은 국어샘 목소리만 들어도 화장실로 달려가곤 했다.

"야, 너!"

우리가 곤혹스러워하자 불독이 갑자기 나를 지목했다. 갈치라고 부르지 않는 게 이상했다. 내 숨결은 이미 가라앉았는데.

"너는 무슨 생각하며 했어?"

불독이 뭔가를 아는 듯이 물었다.

"아무 생각 안 했는데요."

사실 나는 처음에 국어샘의 예쁜 모습에 촉발되긴 했지만, 내 여자 친구 희지를 생각했다. 생글생글 웃는 희지의 몸을 벗기고 걔 몸을 뚫어져라 쳐다보고 쳤지만 잘 안 됐다. 더 솔직히 말하면 걔 몸 안으로 들어가고 싶었다. 그러나 그럴수록 죄를 짓는 것 같아 더 안 됐다. 그래서 크리스틴으로 바꿨다. 크리스틴은 미국에서 온 원어민 강사다. 백인 피가 섞인 흑인인데 훌쩍 큰 키에 가슴과 엉덩이가 혀를 갖다 대고 싶을 정도로 볼록 솟아 남자애들이 군침을 삼키고 있었다. 아마 다른 애들도 제일 많이 떠올리는 게 크리스틴일 거였다. 범진이는 여자 생식기가 그려진 책을 꺼내 놓고 쳤다. 녀석은 서가 어딘가에 숨겨 놓았다가 꺼내 오곤 했다.

"니들이 무슨 자위대냐? 도서실 자위대? 이런 짐승 같은 놈들!"

학생부장이 교무실로 들어오며 한 마디 툭 던졌다.

내 고민이 그거다. 내가 점점 짐승이 되어 간다는 것! 희지도 내 옆에 있으면 짐승 숨소리가 난다고 했다. 아, 나는 언제 사람이 될까? 내가 사람이 될 수 있을까?

"하면 뭐가 좋은데?"

불독이 내 귀에 대고 은밀하게 물었다.

"쫌 후련해요."

불독이 고개를 끄덕였다.

"그래도 도서실은 안 돼! 교실도 안 되고. 정 하고 싶으면 니네 집에서 해!"

"네, 알겠습니다!"

우리는 합창을 했다. 어떻게든 빨리 벗어나고 싶었다.

"이것들 빨리 졸업시켜야지…… 맨날 사고나 치고!"

학생부장이 교무실을 나가며 또 한마디했다. 그거야말로 우리가 바라는 바다. 진도도 시험도 다 끝난 중3을 왜 붙들고 있냔 말이다. 탁아소도 아니고, 교도소도 아니라면.

우리는 담임에게 넘겨졌다. 키가 작고 까무잡잡해서 우리는 담임을 '깜상'이라 불렀다. 그는 운동을 좋아하고 특히 농구를 잘 했다. 점심시간에는 으레 우리와 농구를 했다. 여학생들과는 발야구를 했다. 가끔씩 성에 대한 얘기도 했는데, 충동이 일어날 때 자위를 하는 것도 한 방법이라고 했다. 그 말에 나는 죄책감을 많이 덜었다. 여학생들은 그런 그를 변태라고 했다. 어떤 애들은 '민주깜상'이라고도 불렀다. 생긴 것도 제멋대로고 반 운영도 다른 샘과 달리 제멋대로라고.

"하고 싶은 마음이 자주 드니?"

"네."

"얼마나 자주?"

"하루에 한 번 이상요."

"그럼 날마다 하겠네?"

"네."

"언제 가장 하고 싶어?"

"야동 볼 때 특히 그렇고, 예쁜 여자 지나가도 생각나고요. 수업 시간에도 하고 싶을 때가 있어요. 교회에서 기도할 때도 그렇고."

"기도할 때도?"

"네. 기도하려고 눈 감으면 자꾸 벌거벗은 여자의 몸이 눈앞에서 어른거려요."

"왜 그럴까? 그게 누군데?"

"잘 모르겠어요. 그냥 벗은 여자예요."

눈앞에서 어른거리는 여자들은 자주 바뀌었다. 야동에서 본 여자들도, 소녀시대 멤버들도, 국어샘도, 크리스틴도, 희지도 떠올랐다. 희지가 나타나면 나는 그렇게 원하면서도 오래 쳐다보지 못했다. 희지를 더럽히는 것만 같았다. 고개를 흔들고 기도했지만 희지가 사라지는 것은 아니었다.

"그래서 어떻게 하고 싶어?"

"솔직히 말해도 돼요?"

"그럼!"

"실제로 하고 싶어요!"

사실인지 모르지만 많은 애들이 실제로 한 경험담을 얘기했다. 그러면서 '백 딸보다 한 떡'이라고 했다. 상대는 여자친구도 있고, 친구 누나도 있고, 동네 아줌마도 있었다. 나도 그러고 싶었다. 더 솔직히 말하면 희지와 하고 싶었다. 내가 세상에서 가장 좋아하는 여자이기 때문이다. 그런데 나는 희지의 손도 잡아 보지 못했다. 나 때문에 희지가 망가질 것 같았기 때문이었다.

"기도하다가?"

"네. 솔직히 말하면 기도할 때뿐만 아니라 시도 때도 없이 자꾸 생각이 나요. 그러면 안 되는 거죠?"

"예수님한테 물어보지 그랬어?"

담임의 입꼬리가 올라갔다.

"우물쭈물 대답 안 하시던데요."

나도 입에서 나오는 대로 둘러댔다.

"억지로 쫓아내지 말고 실컷 떠올려!"

"네? 그래도 돼요?"

"내 생각엔 그래도 될 것 같은데."

"그러다가 더 심해지면요?"

"생물학적으로 너는 다 큰 수컷이야. 그러니 부끄러워할 것도 죄책감을 가질 일도 아니지. 자연스러운 일이니까. 그러니까, 죄책감 갖지 말고 떠오르면 떠오르는 대로 놔 두는 게 좋을 것 같아. 자연스럽게 받아들이는 게 맞는 것 같고."

나는 담임을 빤히 쳐다봤다. 이해할 수 없었다.

"문제가 생겼을 때 감추거나 피하려고만 하면 그 문제가 점점 커지는 수가 있어. 잠복해 있다 살아가는 데 이리저리 발목을 잡기도 하고. 네가 지금 나를 쳐다보듯 그렇게 그 문제를 깊이 들여다보면, 문제가 해소돼 버리기도 하지. 문제가 더 이상 문제가 아니고 저절로 소멸해 버리는 거야. 억지로 뿌리치지 말고 빤히 본질을 들여다보면."

이상한 논리였지만 나는 마음을 편하게 먹기로 했다. 억제하지 말고 내버려 둬라! 그러면 문제가 사라진다? 방학 때마다 인도에 가서 명상을 하고 온다는 담임은 역시 뭔가 다른 면이 있다.

징계위원회가 열려 우리는 교내 봉사 2주일 처분을 받았다. 죄목은 풍기 문란이었다. 덕분에 우리는 유명 인사가 되었다. '도서실 자위대'라고.

희지는 아예 나를 보려고도 하지 않았다. 아무리 전화해도 받지 않고 문자를 넣어도 씹었다. 다른 건 다 괜찮아도 희지를 보지 못하고, 희지와의 연락이 끊기는 것은 견딜 수 없었다.

학교로부터 징계 내용을 통보받은 엄마는 나를 무슨 별난 짐승을 보듯 어이없어했다.

"여보, 애 병원에 가 봐야 하는 것 아녜요?"

아빠는 두 볼에 바람을 넣은 채 입을 꼭 다물고 있었다.

"우리 담임샘은 자연스런 일이랬어요. 내가 다 큰 수컷이라서 그렇다고."

"이런 뻔뻔스런 놈! 하여튼 담임 복이 지지리도 없는 놈이야, 너는!"

엄마가 담임에게 보낸 봉투를 돌려받은 뒤부터 엄마와 담임 사이는 껄끄럽다. 엄마 말대로 소통이 안 되는 것이다. 사실은 엄마가 엄마 맘대로 못해서 껄끄러운 것이다.

아빠의 표정이 복잡해졌다. 울지도 웃지도 못하는 표정이랄까? 평소 웬만한 말썽은 크느라고 그런다고 그냥 웃고 넘어가던 것과는 달랐다. 아빠도 내 정신에 문제가 있다고 생각하는 걸까?

"이제 책을 붙들 때가 되지 않았니? 몇 달 있으면 고등학생인데!"

아빠가 나를 조용히 침실로 불러서 말했다.

"네. 알았습니다."

"놀만큼 놀아 봤고, 말썽 필만큼 펴 봤으니까 이제 방향을 바꿔 봐라. 아빠 생각엔 그럴 때가 된 것 같다."

"네. 알았습니다."

아빠 말이 까마득하게 들렸다. 내가 공부란 걸 할 수 있을까? 책만 붙잡으면 졸린데.

"하여튼 하라는 공부는 안 하고……. 니 동생 반만 닮아 봐라, 이놈아!"

거실로 나오자 분이 안 풀린 엄마가 또 퍼붓기 시작했다. 화는 나지만 엄마를 탓할 생각은 없다. 내가 생겨먹길 그렇게 생겨먹었는데 누굴 탓하겠는가? 동생 철호가 뛰어난 것은 사실인데. 그렇지만 나는 녀석이 불쌍하다. 녀석이 중학교에 들어온 뒤로 웃는 모습을 못 봤다. 시험 때만 되면 예민해져서 잠도 못 자고 밥도 잘 먹지 못했다. 조금만 먹으면 복통으로 화장실에서 살았다.

"왜 그렇게 사는데?"

내가 물으면 녀석은 들은 척도 안 하다가 억지로 대답했다.

"해야 하니까."

"왜 해야 하는데?"

"엄마 아빠가 바라잖아?"

"너는 뭘 바라는데?"

"나는 바라는 거 없어. 내가 공부 잘하면 우리 집이 평안하잖아. 형은 왜 그렇게 살아?"

"나?"

철호가 눈을 책에 박은 채 물었다.

"나도 잘 모르겠어. 내가 왜 이렇게 사는지. 사실 나도 뭘 특별하게 하고 싶은 게 없어. 게임이 좋긴 하지만 게임해서 밥 먹고 살 순 없잖아. 시키니까 그냥 하고, 시키는 거 하기 싫으니까 뻗대는 거지."

"형이나 나나 큰 차이 없네. 나는 남 싫은 일 못할 뿐이지."

불쌍한 건 녀석이나 나나 마찬가지다. 나는 녀석의 등을 툭 치고 밖으로 나갔다. 담배 생각이 간절했기 때문이다.

우리는 교실에 들어가지 못하고 청소 도우미 아줌마와 함께 학교 곳곳을 청소했다. 청소가 끝나면 학생부 교무실 앞 복도에 갖다 놓은 책상에 앉아 깜지를 채웠다. 영어 단어를 쓰는 것인데 하루 열 장씩이었다. 글씨를 크게 써서도 안 되고, 여백이 있어도 안 됐다. 열 장을 채우지 못하면 집에 갈 수 없었다. 복도는 춥고 졸렸다. 학생복 위에 패딩 점퍼를 입었지만 덜덜 떨렸다. 나는 같은 단어를 반복해서 쓰다가 볼펜을 든 채 스르르 잠들기 일쑤였다. 잠은 딸딸이 욕구만큼이나 강렬했다.

눈을 뜨면 누군가가 나를 엿보는 것이 느껴졌다. 희지였다. 위층 난간에서 나를 내려다보고 있는 것은 희지였다. 나는 고개를 더 수그렸다. 그렇게 보고 싶었지만 희지를 마주볼 용기가 없었다. 그러다 견디지 못하고 고개를 들면 희지는 거기 없었다. 잘못 본 것일까? 희지는 내 전화도 안 받고 문자도 씹고 있는데. 이러다가 영영 희지를 잃어버리는 건 아닐까? 입이 타고 손가락 사이가 미끈거렸다. 다 그만두고 희지를 찾아나서고 싶었지만 그러면 처벌이 더 가중되고 희지가 더 멀리 달아날 것만 같아 입술을 깨물었다. 으깨진 입술에서 피가 뚝뚝 떨어졌다.

담임은 가끔씩 나타나서 우리를 물끄러미 바라보다 등을 툭툭 쳐 주고 갔다. 뒤돌아 가는 그의 등이 좀 쓸쓸해 보였다.

징계 삼 일째, 아침부터 교장샘 목소리가 메아리처럼 학교를 울렸다.

"오늘 치르는 학력고사는 전국의 모든 학생들이 보는 것입니다. 단 한 사람도 빠짐없이 봐야 합니다. 시험을 거부하거나 백지 답안지를 내는 학생은 교칙에 따라 처벌할 것입니다. 특히 1, 2학년은 다음주에 치를 기말고사 성적에 삼십 프로 반영할 것입니다. 불미스런 행동을 해서 불이익을 받는 일이 없기를 바랍니다. 여러분의 성적은 학교평가 자료로 활용되어 내년도 학교별 예산 배정에도 영향을 줍니다. 좋은 성적을 거둬 여러분의 교육활동과 복지, 학교 시설 개선에 많은 예산을 받을 수 있도록 실력을 발휘해 주기 바랍니다."

아침에 교문 앞에서 어떤 학부모 단체가 일제고사 반대 운동을 벌이며 시험 거부를 요구하는 피켓팅을 하다가 교장샘과 실랑이를 벌인 적이 있어 학교는 긴장감이 돌았다. 몇몇 아이들이 1교시에 백지 답안지를 냈다가 학생부에 불려 왔다. 같은 번호에만 마킹을 하거나 하트나 다이아몬드 모양으로 마킹한 애들도 걸렸다. 2교시엔 브이 자를 그리거나 지그재그로 마킹한 애들이 붙들려왔으나 1교시의 십분의 일 수준이었다.

무슨 일이 일어날 것만 같은 기대감도 사라지고, 긴장감도 풀어져 나는 책상에 엎드렸다. 어젯밤 리니지를 하다 새벽에 잠들어 잠이 파도처럼 밀려오고 있었다. 금세 내 코고는 소리가 내 귀로 들려왔다. 그리고 희지가 잠속으로 들어왔다.

"너 거기 안 서?"

잠결에 무슨 소리가 들렸다. 형수 녀석이 나를 흔들어 깨웠다.

"야, 쟤 니 동생 아냐?"

나는 머리가 무거워 천천히 고개를 들었다. 복도가 시끄러웠다. 우리 반 수업에 들어오는 키가 작달막한 수학샘이 누군가를 쫓아가고 있었다. 키가 크고 덩치가 큰 학생이었다. 눈을 비비고 보니 철호 녀석이었다. 교무실에서 여샘 둘이 그들을 따라 나왔다. 수학샘이 철호의 뒷덜미를 잡았다. 잠이 확 달아났다. 곧바로 수학샘의 손이 철호의 따귀를 올려붙였다. 나는 나도 모르게 자리에서 벌떡 일어났다. 내 손이 부르르 떨리고 있었다. 철호가 수학샘을 밀쳤다. 수학샘이 휘청했다. 자세를 수습한 수학샘이 또 한 번 손을 치켜들었다. 그때, 철호가 주먹으로 수학샘의 배를 치고 이어서 머리통을 쳤다. 수학샘이 저만큼 나동그라졌다. 교실에서 시험 보던 아이들이 창문을 열고 죄 내다보고 있었다.

나는 달려가 주먹을 쥐고 수학샘에게 덤벼드는 철호를 껴안았다. 녀석의 눈이 뒤집혀 있었다. 수학샘이 일어나 내 등에 발길질을 했다. 여샘들이 수학샘을 붙들었다. 돌아보니, 수학샘의 눈도 뒤집혀 있었다. 나는 길길이 날뛰는 철호를 등으로 진 채 뒤로 팔을 벌려 껴안고 수학샘을 막아섰다.

"가! 가라고!"

여샘들이 소리쳤다. 나는 정신을 수습해 철호의 손을 잡고 계단을 달려 내려갔다.

강당 뒤로 철호를 데리고 가 숨을 가라앉히고 나서야 녀석의 눈이 돌아왔다. 화가 나면 눈이 뒤집히는 것도 집안 내력인 모양이다.

"왜 그랬는데?"

"몰라. 나를 치길래 같이 쳤을 뿐이야."

"상대는 선생이잖아?"

"이판사판이야."

"그게 무슨 말이야?"

"컨닝하다 걸렸어."

"니가?"

"그래."

"기말고사도 아니고 그까짓 일제고사 잘 보겠다고 컨닝해?"

"기말고사에 반영한대잖아. 공부도 안 했는데."

웬일인지 녀석은 어제 일찍 잤다. 내가 전등을 끄지 않고 새벽까지 중세와 미래의 우주를 왕래하는 데도 옆에서 쿨쿨 잤다.

"기말고사에 반영한다는 소리를 안 해서 신경도 안 썼는데, 왜 갑자기 그러는 거야, 씨팔!"

철호에게서 처음 들어보는 욕이었다. 녀석은 혼이 빠져나간 사람 같았다.

"그래서?"

"페이퍼를 만들었는데 보지도 못하고 걸렸어."

"니가 페이퍼를 만들어?"

"그럼 어떡해. 전혀 준비가 안 됐는걸."

녀석은 안타까운 눈으로 나를 쳐다봤다.

"그렇다고 수학샘과 부딪쳐?"

"컨닝 행위를 인정하라고 다그치잖아. 하지도 못했는데."

"페이퍼가 걸렸잖아."

"그래도 못 한 거는 못 한 거야."

"이제 어떻게 할 거야?"

"씨팔, 다 때려칠 거야!"

나는 엄마에게 전화해 철호를 데려가라고 했다. 철호가 학교
쪽과 곧바로 부딪치는 것보다 그게 나을 것 같았다. 엄마는 넋이
나가 있었다. 충격을 받으면 넋이 나가는 것도 집안 내력인 모양
이었다.

철호의 징계위원회가 열리는 날, 철호는 또 한 번 사고를 쳤
다. 음악 시간에 또 걸린 것이다. 수업 중에 맨 뒤에 혼자 앉아 자
신을 빤히 쳐다보며 몸을 떠는 것이 이상해서 음악샘이 다가가
자 철호 녀석은 벌떡 일어나 음악샘을 껴안아 버렸다. 열린 바지
자크 사이로 삐죽 솟은 물건이 뿌우연 물줄기를 뿜어 내다 음악
샘의 재킷에 닿아 쿨럭이고 있었다. 음악샘이 소리를 질렀지만
철호는 껴안은 팔을 풀지 않았다. 음악샘은 길길이 뛰며 더 크
게 소리 질렀다. 애들은 어쩔 줄 몰라 하며 그냥 지켜만 보고 있
었다. 철호의 팔이 풀리자 음악샘은 철호의 따귀를 마구 갈겼다.
녀석은 아무런 반항도 하지 않고 그냥 맞기만 했다. 불쌍한 녀

석! 그러고 보니 교실에서 딸딸이 치는 것도 집안 내력인 모양이다.

"아휴~~ 불결해! 아휴~~ 더러워! 아휴~~~ 불결해! 더러워!"

복도를 지날 때마다 음악샘은 소리쳤다. 내가 철호의 형이라는 걸 아는 까닭이다. 마흔다섯 노처녀 샘은 수업 중에도 못마땅한 게 있으면 갑자기 소리를 질러 별명이 '고성방가'였다. 그렇지만 노래는 정말 잘 불렀다. 고음을 부를 때는 소름이 끼칠 정도였다.

"아휴~~ 불결해! 아휴~~ 더러워! 아휴~~~ 불결해! 더러워!"

어떨 땐 노골적으로 나를 째려보며 말했다. 어떻게 들으면 그 소리는 다른 성을 가진 짐승의 신음 소리 같기도 했다. 문호가 같잖다는 듯이 한마디했다.

"저러니까 남잘 못 만나지!"

"왜 만났잖아! 철호가 찐하게 껴안아 줬잖아?"

형수 녀석이 거들었다.

"하여튼 형제는 용감했다니까!"

형수 녀석은 한번 이죽대기 시작하면 쉽게 멈추지 않는다. 내 주먹이 부르르 떠는 것을 보지 못한 것이다. 지식이가 내 어깨를 툭 치고는 눈을 찡긋했다.

"참는 자에게 복이 있나니! 우리는 징계 중이야!"

'용감한 형제!'

내 별명은 그렇게 하나 더 늘었다.

"형제의 우애가 그 정도는 돼야지!"

지나가는 샘들도 지시봉으로 머리를 툭툭 건드리며 한마디씩 했다.

1, 2학년 기말고사도 끝나고 학교는 다시 심심해졌다. 거의 모든 교실에서 빔프로젝트용 대형 화면을 아래로 펼쳐 놓고 비디오를 보거나 영화를 봤다. 몇몇 샘들이 수업을 시도했지만 불가능했다. 시험이 끝난 수업을 누가 듣겠는가? 한 시간 내내 혼내거나 벌을 세우지 않는 한 누구도 듣지 않았다. 샘들도 교실 뒤에 서서 흘끔흘끔 화면을 보거나 아예 의자를 갖다 놓고 같이 영화를 보기도 했다. 방학을 하려면 아직 열흘이나 있어야 했다.

샘들이 교실에 들어가면, 우리는 몰래 학생부 복도를 빠져나와 담을 넘어 라면을 먹으러 가거나 3학년 아무 교실에나 들어가 같이 화면을 쳐다보곤 했다. 교실 뒤편에서는 여전히 짐승들의 숨소리가 들렸다.

그렇지만 철호는 이런 심심함마저 즐길 수 없었다. 등교 정지 처분이 내려져 학교 대신 병원에 가서 정신과 치료를 받고 있었다.

"지겨워! 지겨워!"

하루 몇 시간씩 상담에 시달리다 오면 녀석은 전에 없이 투덜댔다.

"내가 무슨 죄를 지었는지 모르겠다! 내가 무슨 죄를 지었는지……."

엄마는 눈물 바람을 하다가 그런 녀석을 물끄러미 바라봤다. 엄마의 눈에 좌절과 슬픔이 가득 어려 있었다.

요즘 엄마는 살이 쑥 빠졌다. 그렇게도 여러 번 다이어트를 하다가 실패했는데, 살이 저절로 빠져 나간 것이다. 철호가 하면 말썽도 효도가 되는 것이다.

상담으로 별 효과가 없자 철호에게 약이 처방됐다. 철호는 이제 공부 대신 약에 취해 있다. 녀석이 불쌍했지만 내가 할 수 있는 일은 없었다. 나는 다만 희지가 보고 싶을 뿐이었다.

"너 혹시 짐승 아냐?"

나를 피해 다니다가 복도에서 마주친 희지의 첫마디 말이었다.

"그렇긴 한데, 어떻게 그렇게 노골적으로 묻니?"

언짢았지만 당연한 말이기도 해서, 나는 웃을 수밖에 없었다.

"아직도 너한테서 짐승 숨소리가 들려! 밤꽃 냄새도 나고."

"나도 그게 걱정이야. 어떨 땐 내가 짐승인지 사람인지 잘 모르겠어. 그 둘 다인 것 같기도 하고."

"나는 짐승 곁에 있기 싫어! 이제 나 볼 생각 하지 마!"

희지는 고개를 획 돌려 가 버렸다. 심장이 덜컥 내려앉는 소리가 무슨 폭발음처럼 들렸다. 사는 게 무슨 의미가 있을 것 같지 않았다.

"다 같이 한잔 빨자!"

형수가 바람을 잡았다. 징계가 풀리는 날이었다. 녀석들은 소리를 지르며 날뛰었지만, 나는 아무런 흥이 나지 않았다. 흥은 커녕, 내가 살아 있다는 걸 견딜 수가 없었다.

"그래, 술이나 먹자!"

나는 술이 눈썹까지 잠기도록 취하고 싶었다. 가방도 놔두고 밖으로 나갔다. 폰이 가방 안에 있었지만 상관없었다.

교문을 막 나설 때 누군가가 달려들어 무언가를 내 입에 쳐넣었다. 희지였다. 그리고 두부였다. 가슴이 뭉클했다. 희지가 내 손을 끌었다. 처음으로 잡아 보는 손이었다. 나는 녀석들을 놔두고 희지를 따라갔다.

앞서가던 희지가 뒤를 돌아보며 나를 쳐다봤다. 알 수 없는 표정이 잔뜩 담긴 눈이었다. 그 순간, 내 안의 짐승이 요동치기 시작했다. 나는 희지의 입술에 두부 냄새가 나는 내 입술을 포갰다. 희지는 가만히 있다가 갑자기 입술을 떼며 소리쳤다.

"이 짐승!"

그리고는 내 가슴을 주먹으로 마구 쳤다. 희지의 눈에서 짐승한 마리가 이글이글 타는 눈으로 희지를 들여다보고 있었다. 나는 희지를 꼬옥 안아 주었다. 희지가 눈을 감았다. 희지의 눈에서 활활 타오르던 짐승도 사라져 버렸다.

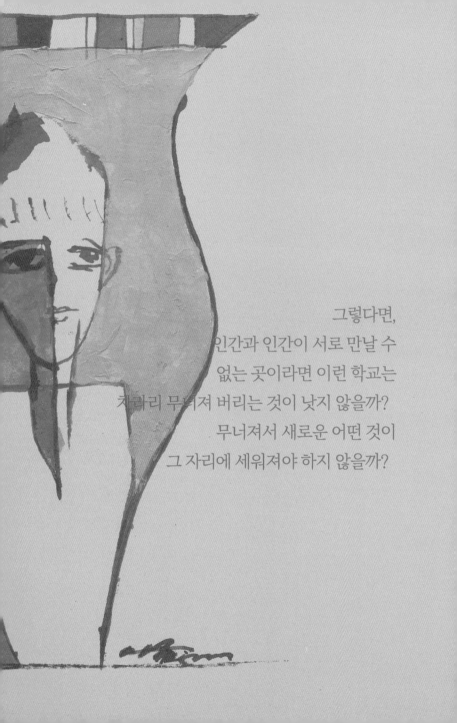

그렇다면,
인간과 인간이 서로 만날 수
없는 곳이라면 이런 학교는
차라리 무너져 버리는 것이 낫지 않을까?
무너져서 새로운 어떤 것이
그 자리에 세워져야 하지 않을까?

그를 중심으로 소풍이 추진되고 있다는 소문이 돌자 수미 주
변에 있는 아이들의 눈빛이 달라지기 시작했다. 먹잇감을 앞에
두고 서성이는 맹수들처럼 눈에서 침이 줄줄 흘렀다.

　그런 반 분위기를 아는지 모르는지 그는 가을 소풍지 결정을
위한 설문 조사를 했다. 아이들이 가장 많이 원한 곳은 청평이었
다. 아이들은 경춘선 기차를 타고 가서 자전거를 타고 놀 수 있
다는 점을 꼽았다. 그 다음이 파랑새농사학교의 농사 체험이었
고, 화성 궁평리 바닷가의 갯벌 탐사는 겨우 일곱 명이었다.

　그는 잠시 눈을 내리깔고 교탁 밑을 보다가 고개를 들어 우리
를 둘러본 뒤 차분한 목소리로 말했다.

"설문을 좀 더 일찍 했어야 하는데 변수가 많아 늦어졌습니다. 일단 이 설문 결과를 최대한 참고하고, 상황이 바뀌게 되면 다시 여러분의 의견을 묻겠습니다."

"결국은 지들이 결정하면서 왜 우리한테 의견을 묻는 거야? 해골 복잡하게."

그의 기침소리가 복도를 빠져나가자 수미 일행이 그의 뒤통수에 대고 눈을 흘겼다.

"언제는 우리가 선택했나? 지네들이 일방적으로 결정해 끌고 가놓고는."

"그냥 어디 가라고 하면 될 것을, 병신같이."

"민주 교사잖아!"

새 학년 새 반 담임으로 그가 처음 우리 교실에 들어왔을 때, 나는 역시 한 반이 되어 맨 뒤에서 우리들을 굽어보고 있는 일진 짱 수미에 대한 근심을 잠시 내려놓았다.

깃을 가죽으로 덧댄 갈색 한복을 입고 감색 인동무늬 머플러를 목에 두른 그는 중키에 군살 없는 선비처럼 몸가짐이 단아하고 부드럽게 미소 짓는 얼굴 생김이 깨끗했다. 삼십 대 초중반쯤 되었을까, 존댓말을 쓰고 목소리는 느리고 부드러웠지만 강약이 분명했다.

"그동안 쌓아온 인연이 깊어 우리는 3학년 7반의 구성원이 되었습니다. 이 인연을 소중히 여겨 구성원 모두가 이 교실에서 신나고 즐겁게, 그리고 진지하게 몸과 마음을 맞대고 살아 봅시다. 어느 누가 이끌고 거기 끌려가는 삶이 아닌, 모두가 저마다의 개성으로 제 길을 가면서도 음악처럼 조화를 이루는 그런 반을 만들어 봅시다. 그리하여 아침에 교문을 들어서는 순간, 오늘은 또 어떤 일로 즐거울까를 기대하는 학급, 그런 학교 생활을 해 봅시다."

종례를 끝내고 그는 창문을 모두 열고 청소 당번과 함께 책걸상을 뒤로 밀고 빗자루를 물로 적셔 바닥 먼지를 쓸어 내고 대걸레질을 하고 손걸레로 유리창과 창틀, 책걸상의 먼지를 닦았다. 지켜보던 아이들이 자연스럽게 따라했다. 며칠이 지나자 아이들은 벌써 그의 엷은 미소를 빼닮은 웃음을 입가에 빼물고 있었다.

나는 그의 모습에 고무돼 엄마의 반대를 무릅쓰고, 수미에 대한 두려움을 지긋이 눌러 놓고, 학급회장 선거에 출마해 그가 마련한 절차에 따라 선거운동을 하고 유세를 하고 아슬아슬하게 회장이 되었다. 부회장이 된 선미와 두 표 차였다.

"아이들에게 꼭 필요한, 아이들 곁에 함께 있는 회장이 되라. 잘해 보자!"

그가 손을 내밀며 소년처럼 씩 웃었다. 나는 자신감이 뱃속 가득 벙벙하게 차오르는 것을 느꼈다. 이렇게 늘 손에 잡히는 그의 온기를 느끼고 그의 미소를 보고 싶었다.

그는 다섯 명씩 짝을 지어 모둠을 구성하고 모둠 구성원 전체가 돌아가면서 차례가 오면 모둠일기를 쓰자고 했다.

"모둠일기에는 모든 것을 쓸 수 있습니다. 개인적인 고민이나 일, 학교 생활, 친구 이야기, 책 읽은 뒤의 생각이나 느낌, 겪은 일, 세상에 대한 생각 등 모든 것이 소재가 될 수 있습니다. 그리고 만화나 만평, 시, 낙서를 비롯하여 어떤 형식으로도 표현할 수 있습니다."

그리고 우리는 모둠별로 그와 집단 상담을 했다. 놀이를 통해 몸을 부딪고 뒹굴고, 남이 그렇게 불러 주었으면 하는 별명 짓기, 즐거웠던 일 괴로웠던 떠올려 보기, 자신의 장단점과 친구에게서 얻고 싶은 장점 말해 보기, 친구에게 주고 싶은 선물 그려 주기, 어두워서야 끝난 떡볶이 파티 등을 통해 우리는 일체감을 느끼고 성큼 친해질 수 있었다. 그때까지 수미는 힘을 쓰지 못했으며 우리는 수미에 대한 두려움으로부터 조금씩 벗어날 수 있었다. 고개를 수그리고 있다 문득 마주친 그 애의 눈빛에서 와신상담, 기회를 엿보는 상처 입은 짐승을 얼핏 떠올리기도 했지만 2학년 말에 드러난 금품 갈취 사건 때문에 수미로서도 조심한다고 하고 있는 셈이었다.

고등학교 일진짱과 맞장떠서 단 한 방에 날려 버린 수미의 전설 같은 싸움 실력과 겉으로 드러나지 않는 비행 때문에 골머리를 앓고 있던 학생부장은 금품 갈취가 드러나자 작정하고 수미를 잡았다. 버릇을 고쳐 놓겠다고 수미 아버지의 동의를 받아 놓은 그는 모든 옛군대식 기합을 동원해 수미를 초죽음시켜 놓았다. 역시 학주였다. 그 대찬 수미가 민둥산인 학주의 뒷머리가 어른거리기만 해도 공포에 떨었다. 반은 순항의 조짐이 역력했다. 그런데 그가 집단 상담이 끝나갈 무렵 터져 나오는 기침을 주체하지 못하고 쓰러져 버렸다.

그는 폐기종 진단을 받았고 학교에 나오지 못했다. 처음 그에 대한 걱정으로 차분하던 반은 술렁이기 시작했다. 아침에 지각하는 아이들이 하나둘 늘고, 종례도 안 하고 가는 아이들, 수업시간에 빠져나가 화장실에서 담배 피는 아이들도 생겨났다. 그 일탈의 중심에 수미가 있었다. 내 눈과 마주쳤을 때 잠깐 눈을 빛내던 그 애는 옆반에 가서 체육복을 빌려다 달라고 했다. 무심코 '나 지금 바쁜데' 하고 말하는 순간, 옆으로 찢어진 눈에서 뿜어져 나오는 쇠꼬챙이 같은 눈빛이 내 눈을 찔렀다. 나는 얼결에 빌려다주고 말았다. 그 다음 체육 시간에는 신발 주머니를 들렸다. 그때서야 나는 알았다. 그 애가 노리는 것은 내 복속을 다른 아이들에게 보여 주기 위한 것이었다는 것을.

다음날 그 애는 내가 빌려다 준 체육복을 잃어버렸다며 대신 물어주라고 했다.

"아니! 내가 왜?……."

"그래?"

그 애가 어이없다는 듯 담배 연기가 풀풀 삐져나오는 듯한 웃음을 빼물었다. 섬뜩했지만 나는 싫다고 했다. 체육복은 칼로 찢겨 쓰레기통에 처박혀 있었고, 더 이상 물러나서는 끝이 없을 것 같았다. 회장으로서 최소한 그가 돌아올 때까지는 어떻게든 버티고 있어야 할 것 같았다. 그러나 그것은 내 고통의 시작일 뿐이었다. 그날 수업이 끝난 뒤, 나는 아무도 없는 빈 교실에서 그애의 체벌을 신음 소리도 내지 못하고 받아야 했다. 토끼뜀에서 시작하여 원산폭격, 원산폭격을 돌면서 하는 프로펠러, 앞으로 취침 뒤로 취침, 낮은 포복 높은 포복…… 그 애가 알고 있는 모든 군대식 기합을 나는 다 받아야 했다. 조금이라도 소리가 나거나 멈칫거리면 주먹이 날아왔다. 그 애는 꼭 상처 안 날 머리통만 가격했다.

"나는 단 한 방에 널 병신 만들 수가 있어. 바보 천치가 돼서 누가 널 그렇게 만들었는지도 모르도록!"

골이 깨져 버릴 것 같은 고통과 그 뒤에 오는 둔중한 먹먹함은 내 머리가 부서져 버릴 것 같은 공포였다. 더구나 내 곁에는 아무도 없었다. 교실이 도살장이 될 수도 있음을 나는 그날 처음 알았다. 이 세상 모든 공간은 언제라도 그 쓰임새를 바꿀 수 있다는 것을! 세상이 감춰 놓은 비리를 비로소 알게 된 느낌이었다. 그 애는 필요한 말만 채찍처럼 휘둘렀으며, 나는 그 애에 의해 조련되는 한 마리 짐승이며 노예였다.

"내 얘기가 네 입에서 번듯하기만 하면 너는 그 날로 과거를 한 토막도 기억하지 못하게 될 거야."

그러고도 남을 아이였다. 그 애는 초등학교 때부터 익힌 특공 무술 유단자였다.

내가 수미에게 항복했다는 소문은 빠르게 퍼져 나갔다. 더불어 내가 그 애에게 자발적으로 복종하는 모습을 반 아이들은 일상적으로 접할 수 있었다.

반이 수중에 들어왔다고 판단한 수미는 먼저 세 명의 아이에게 분담금을 책정해 주고 걷었다. 명분은 빌리는 거였다. 차츰 수미 주변으로 아이들이 모였다. 아이들은 어떻게 해야 자신을 지킬 수 있는지를 본능적으로 알고 있는 것 같았다. 그렇게 수미는 그가 달포 넘게 다지고 일군 반을 단 두 주만에 무너뜨리고 접수했다.

수미와 그의 첫 번째 맞부딪침은 합창 연습이었다.

"대개 합창곡으로 나와 있는 곡들이 옛날 노래이고, 여러분이 좋아하는 노래가 아니라는 것을 나도 압니다. 될 수 있으면 여러분의 정서와 감각에 맞고 여러분이 좋아하는 노래를 불러야 하겠지만 중학생이 부를 마땅한 노래가 없는 현실이니 어쩌겠습니까. 하기 싫은 일을 억지로 하는 것은 의미 없는 일이고 그렇다고 우리 반만 안 할 수도 없는 일, 시간을 줄여 노래가 될 수 있을 정도로만 연습합시다. 연습 과정에서 서로 소리를 맞춰 화음을 이루는 것도 소중한 체험 아니겠습니까?"

삼 주만에 퇴원해서 학교에 나온 그가 합창 연습이 잘 이뤄지지 않자 터져 나오는 기침을 수습하며 한 말이었다. 그러나 그렇게 시간을 줄여 주고 아이들과 타협하자 아이들은 되레 더 무성의해졌다.

살얼음판을 걷듯 어렵게 당도한 합창대횟날 아침, 눈을 감고 듣고 있던 그의 얼굴이 붉게 얼룩졌다. 누군가가 일부러 딴소리를 질러 댄 것이다. 앨토파트쪽이었다. 두 번째도 마찬가지였다. 혜지가 어쩔 수 없이 수미쪽을 내려다봤다. 그러나 세 번째도 마찬가지였다.

그가 천천히 혜지 옆으로 다가와 섰다. 그리고는 모두 자리에 앉으라고 했다.

"합창 연습이 잘 안되고 있다는 것은 이미 알고 있었습니다. 그래도 재미없는 연습을 억지로 하는 여러분이 안쓰러워 나서서 다그치지 못했습니다. 그러나 이건 아닙니다."

그의 목소리가 조금씩 떨리기 시작했다.

"한 달 넘게 연습해서 여기까지 왔는데 어떻게 일부러 딴소리를 낼 수 있습니까? 좋습니다! 여태까지는 재미없는 연습을 하는 게 짜증나 그랬다고 칩시다. 오늘은 합창대횟날이고 마지막 연습을 하는 시간입니다. 그런데 어떻게⋯⋯."

그는 말을 잇지 못했다. 간신히 자신을 눌러 앉히느라 온힘을 다 쏟고 있었다. 그러다가 갑자기 기침을 쏟아 내기 시작했다. 그는 책상 모서리를 붙잡고 주저앉았다. 기침은 오래도록 그치지 않았다.

좀 진정이 되자 그는 문을 열고 나가 버렸다. 모두 참담하게 주저앉은 머리 위로 수미의 목소리가 그물처럼 덮쳐 왔다.

"씨팔, 어떤 년이 그랬어?"

아무도 고개를 들지 않았다.

"씨팔, 왜 우리한테 화내는 거야! 연습 땐 잘 봐주지도 않았으면서."

뜻밖에 혜지가 벌떡 일어나면서 입안에 고인 핏덩이를 뱉듯이 울분을 쏟아 냈다. 그동안 혜지는 지휘를 맡은 죄로 너무나 외롭고 힘들게, 그리고 간신히 수미 일행의 사보타주를 몸으로 견뎌 내면서 버텨온 것이었다.

"우와, 화도 낼 줄 아네!"

상 위에 쏟아진 구슬처럼 흩어지면서 웅성이던 아이들은 일단 합창대회는 끝내고 보자는 내 수습으로 강당으로 갔다. 그러나 모두 노래할 목소리가 아니었다.

그렇게 첫 번째 부딪침은 그가 알지도 못하는 사이 수미의 일방적인 승리로 끝났다. 문제는 그가 수미의 비행을 알게 된 뒤에 더 커졌다. 더는 이렇게 끌려가서는 안 되겠다 싶어 고민 끝에 나는 그를 찾아갔다. 그리고 그동안 반에서 일어났던 일을 그에게 얘기했다. 나도 모르게 눈물이 솟구치고 묶은 스웨터에서 풀려 나오는 털실처럼 흐느낌이 주체할 수 없이 이어졌다. 그 애에게서 받은 고통이 되살아났고 서러웠기 때문이었다.

"중학교 3학년 학생이 어떻게?……"

그는 믿을 수 없다는 듯 고개를 내둘렀다. 한동안 어디라도 다녀온 듯 망연해 하던 그가 입을 열었다.

"고생 많았다. 어떡하든 바로잡아 보마. 다만 한 가지, 아무리 밉고 괴로워도 수미 역시 우리 반 학생이고 졸업 때까지 함께 가야 할 친구라는 점은 잊지 말자."

그는 설문 조사를 실시했다. 곧바로 수미를 닦달하기 전에 피해 사례를 수집하기 위한 것이었으나 피해 사례를 쓴 사람은 나 외엔 아무도 없었다. 난감해 하던 그는 내 얘기를 토대로 수미를 불러 다그쳤다. 수미는 물러서지 않았다. 누가 그러더냐고, 증거 있으면 대 보라고, 대질시켜 달라고. 그는 처연한 눈빛으로 수미를 보며 말했다.

"너는 참 남 안 가진 능력을 가졌다. 힘이 세고 네 또래 누구든지 그 힘으로 제압할 수 있다. 참 좋은 능력이다. 나는 그 능력이 남을 괴롭히는 것이 아닌, 좋은 데 쓰였으면 좋겠다. 그럴 수 있으리라 믿으며 힘뿐이 아닌 따뜻한 품성과 지혜도 함께 기르기를 기대한다. 집에 가서 곰곰이 생각해 봐라."

그는 수미의 상대가 아니었다. 그가 가진 사고방식으로는 수미의 전모를 이해할 수도 바꿔 놓을 수도 없었다. 어떻게 추스릴 수 없는 실망감과 패배감에 젖어 있는데 수미가 불렀다.

"너는 아직도 내가 누군지 모르는 모양인데, 알게 해 줄까? 내가 누구인지?"

수미는 그의 상대도 아니었지만 내 상대는 더더구나 아니었다. 마음속으로 아무리 둘러봐도 내가 기댈 수 있는 곳은 없었다. 나는 고개를 숙였다. 수미가 군주처럼 내 등을 두들겨 주었다.

"걱정하지 마. 내가 있으니까."

나는 회장이라는 이용 가치 때문에 돈 문제에서는 비켜나 있었지만 다른 애들은 상납 액수가 커졌다. 커진 상납 액수를 감당할 수 없어 제 엄마 지갑까지 손대다 들킨 여원은 그동안 겪은 고통을 엄마에게 털어놨다. 여원 엄마는 곧바로 그를 찾았다. 처음엔 좀 버티다 학생부에 넘겨질 것에 대한 두려움 때문에 수미는 손을 들었다. 그는 수미를 학생부에 넘기는 대신 피해 보상과 사과, 다시는 그러지 않겠다는 약속, 일주일 동안 학급 봉사활동을 하는 것으로 처벌을 끝냈다. 그는 미워도 힘들어도 우리가 한반이 된 이상 조금씩 이해하고 용서하고 함께 가야 한다고 말했다. 그러나 수미의 제거나 확실한 응징을 바라던 아이들은 그에게 더 기대할 게 없다고 판단하고 등을 돌리기 시작했다. 그의 완쾌를 학수고대하며 기도하던 아이들까지 실망하는 낯빛이 역력했다. 특히 여원은 벌써 죽을상이었다. 앞으로 겪게 될 고난에 대한 공포가 그 애를 짓누르고 있었다. 그 애가 느낀 공포와 실망의 크기를 그는 아마도 헤아리지 못하는 것 같았다. 아이들은 그가 학주처럼 확실하게 잡아 주기를 바랐던 것이다. 아니면 학주에게 넘겨 버리기라도 했어야 했다. 아이들은 그런 실망과 분노를 모둠일기에 쏟아 냈다.

우리 학교는 참 좋은 학교다. 기분 나쁘면 때리는 선생님, 변태 선생님…… 훌륭하신 선생님이 많이 계시니까. 엽기 짱인 학교다.

오늘 나는 내가 정말 좋아하는 친구, 여원이의 눈물을 보았다. 물상 시간에 훌륭하신 닭벼슬 선생님의 손이 그 애의 사랑스런 볼을 친 것이다. 떠들었다고. 참, 필기도 안 했다고. 너무 착한 내 친구는 경찰에 신고도 못하겠단다.

그리고 또 한 분 위대하신 선생님! 체육 시간만 되면 그 친구에게 물 떠오라고 하고, 어깨 주무르라고 하고. 오늘은 자기가 마시고 남은 물을 그 친구 얼굴에 뿌렸다. 그리고는 부신 눈으로 그 애를 쳐다봤다. 혹시 그 선생님 변태 아닐까? 아니면 사이코?

오늘 학교에서 아주 좋은 것 두 가지를 배웠다. 첫 번째는 내가 기분 나쁠 때 다른 사람의 뺨을 때리는 것이고, 두 번째는 사람이 좋으면 괜히 그 사람 얼굴에 물을 뿌리는 것. 나는 그것을 배운 대로 실천할 날이 빨리 왔으면 좋겠다.

　　　　　　　 – 내일 다시 훌륭한 학교에 가야 하는 슬픈 선주

별로 말이 없고 도수 높은 안경 너머에서 눈알만 굴리던 아이. 여태껏 내가 알고 있는 선주가 아니었다.

교사든 학생이든 그 누구든 잘잘못은 바로 가려야 한다고 말한 바 있는 그는 종례 때 선주의 모둠일기 내용을 소개했다. 사실이라면 바로잡혀야 한다고.

아이들은 점점 대담해져 갔다. 학교에 대한 불만, 교사에 대한 험담과 개인적인 감정까지 거침없이 써 나갔다. 그가 선주의 모둠일기 내용을 수용한 파장이었다.

모둠일기 쓰는 게 너무 부담스럽고 싫다.

날마다 특별한 일이 생기는 것도 아니고, 그렇다고 날마다 고민이 있는 것도 아닌데 차례만 되면 억지로 써야 하는 것은 불합리하다. 우리는 중3이다. 학원도 가야 하고 숙제도 많은데 이걸 쓰느라 시간만 뺏기고 있다. 정말 쓰기 싫다.

내 마음을 솔직히 썼으니 누가 뭐라는 사람 없겠지?

– 모둠일기 쓰기가 죽기보다 싫은 여원이가

자신의 생각을 진솔하게 쓰는 것이 모둠일기다. 그런 면에서 오늘 네 일기는 잘 쓴 셈이지. 그래서 선생님도 네 생각을 알 수 있었고.

여원아, 꾀가 나고 짜증이 날 때는 한 번쯤 건너뛰더라도 다시 마음을 다잡아 이겨 냈으면 한다. 자기 자신을 믿으면 그렇게 어려운 일도 아니란다.

나는 자기 생각을 찬찬하게 써 준 그의 편지가 여원이들에게 얼마나 다가갈 수 있을까 의문스러웠다. 아이들은 이미 그의 자장으로부터 벗어나 있었고, 특히 선주네 모둠일기는 시한폭탄이었다. 그 자체로도 엄청난 폭발력을 가지고 있지만 다른 모둠으로 폭발력을 전이시키고 있었다. 언제 터질지 모르고 그 폭발의 파장이 어디로 미칠지 모르는 상황에서 소풍지 문제까지 덧

붙여진 것이다.

무심해지자고 나는 마음을 달랬다. 잘못된 인연이 엉키고 있는 거라면 거기 휘둘리지 말자고, 그 모든 일이 어서 나를 비켜가기를, 시간이 빨리 지나가기만을 기다리자고. 하지만 우리가 드러낼 수 없는 문제를 똑바로 보고 직접 개입해서 가지치기를 하지 않고 우리를 믿는답시고 언제까지나 기다리기만 하는 실망스런 그의 태도에 화가 나 있던 나는 앞으로의 전개가 어떻게 될지 궁금하기도 하고 한편으론 아무 것도 듣고 보지 않는 곳으로 가 버리고 싶은 마음 사이에서 길항했다.

그는 3학년 열두 개 반 가운데 열한 개 반은 바닷가에 가기로 했고 나머지 한 반이 우리 반인데, 될 수 있으면 함께 갔으면 한다고 자신의 의견을 밝혔다.

"갯벌은 싫어요!"

수미 옆에 앉은 희경이가 불쑥 손을 들고 말했다.

"옷 버려요!"

"얼굴 타요!"

"바닷바람은 싫어요!"

추임새를 넣듯 다른 아이들이 맞장구를 쳤다. 그는 묵묵히 듣고만 있었다. 그때 수미가 벌떡 일어나 급소를 치듯 말했다.

"설문 조사에서 가장 많이 표가 나온 곳으로 갔으면 좋겠습니다."

"그래요……. 그래야 하겠지요. 그런데 내가 이번 소풍을 기획하고 추진하는 3학년 업무를 맡고 있고 갯벌 안내도 맡게 되어 지금 우리 반이 안 가면 외부 강사를 초빙하지 않는 한 다른 반들이 못 가게 됩니다. 그러니까 이렇게 합시다. 교장 선생님께서 바닷가에 가려면 학부모 동의를 받아야 한다고 말씀하시니까 어차피 여러분 집으로 가정 통신문을 보내게 됩니다. 그때 부모님의 의견을 물어 최종 결정합시다."

"그런데 왜 우리가 다른 반 때문에 희생해야 하죠?"

다시 수미가 따져 물었다. 수업 시간마다 수미는 내 뒤에 앉아 내 등을 가리개로 쓰며 만화를 봤다. 내가 몸을 움직여 가리개 역할이 부실하면 볼펜 끝으로 등을 찔렀다. 수미가 노리는 것은 두 가지였다. 내 뒤엔 항상 자기가 있다는 것을 잊지 못하도록, 그리하여 내가 자신의 손아귀로부터 벗어나지 못하도록 하기 위한 것이고 하나는 다른 아이들에게도 확실하게 나와 반을 장악하고 있다는 것을 보여 주기 위해서였다. 그렇게 해놓고 그 애는 담임에 대한 공격을 시작한 것이었다.

"글쎄…… 희생이라고까지야 할 수 있겠습니까? 학교 행사에 서로 함께 하는 것이지. 어쨌든 동의서 결과를 놓고 다시 한번 생각해 봅시다."

종례 때 그는 '소풍지 결정을 위한 가정 통신문'과 그에 대한 '학부모 회신서'를 주면서 노파심이 일었는지 '꼭 부모님의 의견을 표시해야 한다.'고 강조했다.

가정 통신문과 회신서는 다른 반에도 돌려졌다. 다만 다른 반은 동의를 안 할 경우 그 이유를 반드시 학부모 자필로 적어 오라고 했고, 그는 동의 여부를 OX로 표시해 오되 다른 의견이 있으면 적어 오라고 했다. 우리를 믿겠다는 뜻이었다.

결과는 뻔했다. 서른 다섯 명 가운데 열 명의 학부모만 동의했고 나머지는 부동의였다. 다른 의견도 없었다. 아이들이 그냥 X표를 쳐 낸 것이다. 회신서를 걷어 간 그는 부동의 표시를 한 아이들을 불러 상담한 뒤 종례에 들어왔다.

"여러분 의견은 이미 충분히 알고 있습니다. 다만 나는 이번 회신서를 통해 학부모의 의견을 알고 싶었습니다. 여러분과 뜻이 다르더라도 부모들이 교육적으로 의미가 있다고 동의해 주면 해 볼 만하지 않겠느냐는 생각이었습니다. 그런데 아무리 생각해도 부동의가 너무 많아 그 친구들을 불러 상담을 했습니다. 부모가 동의하지 않은 이유를 알고 싶어서였습니다. 그 결과 대부분의 친구들이 부모에게 가정 통신문을 보이지도 않고 본인들이 X 표시를 해왔습니다. 나는 여러분과 의견이 다르더라도 부모의 의견을 왜곡하고 의견을 밝힐 통로조차 봉쇄하는 것은 여러분이 할 일이 아니라고 생각합니다. 한 번 더 기회를 줄 테니까 부모의 의견이 정확히 담길 수 있도록 회신서를 다시 받아오기 바랍니다."

그가 나가자 가정 통신문과 회신서를 받은 아이들이 그것들을 천장으로 날리고 가방을 집어던졌다.

"씨팔, 더러워서 소풍 못 가겠네!"

교실에 먼지가 자욱하게 일고 쓰레기 썩는 냄새가 진동했다. 희경이가 쓰레기통을 엎어 버린 것이다.

다음날 아침, 그는 회신서를 다시 받았다. 모두 동의로 표시되어 있었다. 한참을 머뭇대다 그는 입을 열었다.

"일이 여기까지 온 이상, 여러분도 그동안의 경위를 알아야 할 필요가 있다는 생각이 듭니다. 처음 소풍지 결정을 위한 담임 협의회가 열렸을 때 많은 선생님들이 올해는 놀이기구 타는 곳이 아닌, 자연을 호흡하고 현장학습을 할 수 있는 곳으로 가자, 그리고 전체가 한곳으로 가지 말고 반마다 가고 싶은 곳으로 분산해서 가자는 데 의견을 모으고 교장 선생님께 말씀 드렸습니다. 교장 선생님께서는 반대하셨습니다. 반마다 따로 가면 통솔의 어려움이 있고 교외로 나가는 것은 귀가 시간이 너무 늦어지는 단점이 있으니 그냥 예전처럼 하라는 말씀이셨습니다. 우리는 거듭 교장 선생님을 설득했습니다. 마침내 교장 선생님은 몇 가지 조건을 달아 동의하셨습니다. 첫째는 늦어도 다섯 시까지는 귀가할 수 있는 곳이어야 한다는 것입니다. 그래서 기차 타고 가는 경춘선 일대는 그 시간에 대어 올 수 없기 때문에 여러분이 가장 많이 원했음에도 불구하고 제쳐졌습니다. 두 번째는 야외로 갈 경우 3학년 전체가 가야 허락할 수 있다고 하셨습니다. 현재 우리 반만 의견이 모아지지 않았고 나머지 반은 모두 궁평리 바닷가를 원하고 있습니다. 여기서 우리 반이 빠지면 전체가 그곳에 못 가게 됩니다. 여러분 같으면 어떻게 하겠습니까?"

"그래도 우리 반은 딴 데로 가요."

"차라리 교장 선생님 말씀처럼 서울랜드나 롯데월드 가서 놀이기구 타요."

희경이가 앞소리를 하고 수미가 뒷소리를 받았다.

"……그래…… 하나 더 생각해 봐야 할 것은 이번에 소풍지를 결정하는 과정이 무척 어려웠다는 점입니다."

그는 담담하게 말했다. 그러나 목소리는 지쳐 있었다.

"교장 선생님은 옛 관행을 고집하고 계시고, 따라서 무엇 하나 새로운 기운으로 바꿔 내기가 참으로 쉽지 않습니다. 만일 우리가 머리 길이를 비롯하여 여러분이 그렇게도 싫어하는 학교 규정을 좀 더 자유로운 방향으로 바꿔 내기로 했다고 해 봅시다. 아마도 학교가 뒤집힐 만한 소동을 치르지 않고는 힘들 것입니다. 이번의 소풍지 결정 과정은 그런 변화를 위한 작은 시도에 불과하지만 그 의미는 큽니다. 앞으로 소풍지를 반 자유의사에 따라 갈 수 있는 길을 닦는 첫 삽질이라 생각합니다. 그런 의미를 헤아려서 선생님들의 노력을 조금만 더 긍정적으로 평가해 주고 최종 결정이 내려지면 혹 자신의 뜻과 다르더라도 흔쾌히 받아들여 주기 바랍니다."

다음날 최종 결정이 발표되었다. 3학년 전체가 궁평리 바닷가로 가는 것이었다. 반은 끓는 기름 속에 던져진 새우들처럼 들끓었다. 모둠일기는 소풍지 결정 과정에 대한 성토장이 되었다.

소풍지는 소풍 갈 사람의 의견을 존중해서 결정해야 한다. 그런데 왜 학생의 의견을 무시하고 가기 싫은 곳에 억지로 가라 하는가? 이것은 소풍이 아니다.

우리는 학교에서 공부하고 소풍은 엄마 아빠를 보내자!

사람의 마음은, 닫으면 바늘 끝 꽂을 자리도 없지만 열면 바다도 품을 수 있단다. 자기의 감정에만 매여 있지 말고 주변 상황을 한 번 더 헤아리기 바란다.

그는 차분하게 답장을 써 줬다. 그렇지만 선주는 칼끝 같은 문장으로 그를 비아냥거렸다.

두발 자유화를 이루고 예쁜 핀을 꽂고 색깔 양말을 신기 위해 규정을 바꾸려면 학교가 뒤집힐 거라고? 어디 한 번 뒤집어 보시지!

학생들이 지켜야 할 규정이라면 학생들이 정해야지 왜 자기들이 정하고 지키라고 난리치는 거야. 웃기지도 않아요. 우릴 위하는 척, 척, 척. 이젠 척, 척 그만하시지요. 훌륭하신 선생님, 갯벌엔 뭐 하러 갑니까? 바다 보려요? 바다는 텔레비전 틀면 날마다 나와요. 송림의 나무요? 학교 운동장가에는 소나무도 있고 진흙도 있고 모래도 있어요.

마치 우리를 위한 교육적인 결정인 양 위선을 떠시는데 이젠 그 위선의 가면을 벗고 위선을 떤 잘못을 사과해야 하지 않을까요? 진정한 교육자시라면!

그는 아무 말도 써 주지 않았다. 그 텅빈 공간은 그가 여태까지 써 준 어떤 말보다 무거운 여백으로 비어 있었다. 더구나 그 여백의 무게가 가늠할 수 없을 정도로 무겁게 느껴지는 또 다른 이유는 선주네 모둠일기에 그어져 있는 낙서였다. 누군가가 지난 번 그가 써 준 말 위에 붉은 볼펜으로 직직 긋고 맴을 돌려 알아볼 수 없게 만들어 놓은 것이었다.

종례 때 들어온 그는 여전히 차분했다.

"그동안 여러분이 쓴 모둠일기를 빠짐없이 읽었습니다. 신랄했습니다. 그만큼 언론의 자유가 살아 있다는 자위를 하면서도 몇 가지 아쉬운 점을 짚어 보겠습니다.

모둠일기에 여러분의 생각과 느낌을 솔직히 적는 것은 좋은 일입니다. 애초부터 권장했던 일이고. 다만 모둠일기는 모두 함께 보는 일기라는 점을 고려해서 같은 내용이라도 표현을 가다듬어 쓰고 다른 사람에 대한 비판이라면 좀 더 정중하게 해 줬으면 좋겠습니다. 다른 사람의 뜻이 자기와 다르더라도 존중하는 태도를 갖는 것 또한 필요하구요.

더불어 한마디 덧붙이자면, 소풍지는 우리 반뿐만 아니라 3학년 전체의 총의를 모아 결정되었습니다. 마음에 안 드는 사람이 있더라도 결정을 존중해 주기 바랍니다."

그런 상황에서도 어떻게 차분할 수 있는지 알 수가 없었다. 화나면 화를 좀 내면 안 되는 것일까? 나는 자꾸 위선의 냄새가 맡아졌다. 화가 나지만 화내는 모습을 우리에게 보여 주기 싫어하는 성벽. 선주도 그래서 위선을 느꼈는지 모르겠다. 또는 화내지 못하는 성격이 싫어서.

그의 부탁에도 불구하고 선주네 모둠일기는 그의 말을 되받아치며 여전히 신랄했다. 그와 생사를 걸고 싸우는 아이들 같았다.

모욕을 느끼셨다고? 그럼 우리의 의사가 짓밟힌 모욕은 누구에게 하소연하지?

존경하는 선생님, 저울을 쓰실 때는 선생님과 우리의 무게가 똑같이 나가도록 신경을 써 주세요. 선생님 쪽으로 기울어지지 않았나, 고장 나지 않았나 살펴보시고요.

반발은 한두 개 모둠을 벗어나 확산되어 갔다. 그리고 그에 대한 방자가 분명한 이야기들이 별로 은밀하지도 않게 떠돌았다.

"우리 언니한테 들은 얘긴데, 화학 실험을 하다 야단쳤다고 그 선생 얼굴에다 염산을 끼얹어 버렸대."

"그래서?"

"얼굴이 다 타 버렸지 뭐."

"문둥이가 됐겠네!"

"어떤 언니가 국어를 엄청 좋아했대. 꽃도 갖다 바치고 날마다 편지도 보내고. 그런데 국어는 꼼짝도 안 했대. 모욕을 느낀 그 언니는 모텔에 들어가 국어한테 전화했대. 지금 당장 오지 않으면 약을 먹겠다고. 당황한 국어가 달려갔대."

"……"

"그 언니가 홀딱 벗고 누워 있다가 국어를 침대 속으로 끌어들였대."

"그래서?"

"나도 몰라."

"짤렸겠지 뭐."

"서울대 졸업식 날 총장의 축사가 시작되니까 졸업생들이 모두 뒤돌아 앉았대."

"왜?"

"총장을 거부한다는 표시였대."

"그거 멋있다!"

3교시 국어 시간이었다. 어디선가 종이 찢는 소리가 들리고 그가 소리 나는 쪽으로 다가갔다. 안나였다. 특수학교에 갈 아이라고 놀림 받는 안나가 책을 좍좍 찢고 있었다. 그 옆에 앉은 희경이가 뭔가를 감추려다가 그에게 들켰다. 희경이의 손에는 배가 불쑥 나온 커다란 비닐봉지가 들려있었다. 그가 봉지 안을 들춰봤다. 봉지 안에는 잘게잘게 찢어진 국어책의 잔해가 가득 들어 있었다.

수업이 끝난 뒤 그는 두 아이에게 비닐봉지를 들려 교무실로 내려갔다.

점심시간에야 교실에 올라온 희경이는 침을 튀기며 무용담을 펼치고 안나는 희경이의 입만 쳐다보고 있었다.

"씨팔, 왜 그랬냐고 묻잖아?"

"그래서?"

"다 배운 거라 미술 붙이기 숙제하려고 그랬다 했지 뭐."

"그러니까?"

"무섭다고 하던가, 지랄한다고 하던가, 뭐라고 뭐라고 하면서 고개를 흔들더라고. 더 이상 우리하고 말하고 싶지 않대서 여태 벌써다 왔어."

갑자기 수미가 물었다. 5교시 도덕 시간이었다.

"선생님이 학생한테 '지랄한다'는 말을 써도 돼요?"

"글쎄, 어떤 상황인지는 모르겠지만 안 쓰는 게 좋겠지."

"그렇지요? 그런데 우리 담임이 희경이하고 안나한테 지랄한다고 했대요. 어떻게 그럴 수가 있어요?"

수미를 빤히 쳐다보던 도덕 선생이 나가자 수미가 팔을 걷어붙였다.

"씨팔, 참을 수가 없어. 희경이하고 안나가 들었지만 결국은 우리반 모두에게 욕한 거라구. 이건 언어 폭력이야. 고발해야 돼!"

덩달아 아이들이 흥분하기 시작했다. 소풍지 결정 과정에서 그가 부모의 의사를 확인했다는 데 마음이 상해 있던 아이들은 수미의 충동에 바싹 다가서고 있었다.

6교시 끝종이 났다. 곧 종례가 시작되고 이삼 분 뒤면 그가 들어올 터였다. 수미가 날듯이 책상 위로 올라갔다. 그리고 마치 싸움터에 나와 있는 반란군 장수처럼 말했다.

"아무리 우리가 학생이라고 해도 인간인 이상 이런 욕을 듣고 그냥 앉아 있을 수는 없다. 우리 모두 종례를 거부하고 나가자. 그러면 담임이 쓴 위선의 가면을 벗겨 낼 수 있을 것이다.

어떤 사람은 처벌이 두려워 가만히 있자고 할지도 모르겠다. 하지만 우리가 불의를 보고 참는다면 그것은 비겁한 짓이다. 그것은 두 친구에 대한 더 심한 모욕이다. 또 우리가 다 나가면 담임도 우리 모두를 처벌할 수는 없다. 책임은 내가 지겠다. 자, 나가자!"

아이들이 멈칫거렸지만 수미 일행이 틈을 주지 않고 앞문을 박차고 나갔다. 망설이던 아이들이 가방을 들었다. 팽팽한 긴장과 무언가를 저지른다는 쾌감이 아이들을 밖으로 내몰았다.

곧 그가 들어왔다. 뛰쳐나가는 아이들의 꼬리를 본 듯 무척 놀란 낯빛이었다.

"무슨 일이야? 애들이 왜 그러는 거야?"

남은 아이들은 나를 비롯하여 일곱이었다. 내가 당한 일이기라도 한 것처럼 얼굴이 화끈거렸지만 대답할 말이 없었다. 그는 아직도 수미를, 또는 우리를 잘 모르고 있었다.

한참 동안 뒤칠판에 고정되어 있던 그의 눈빛이 흔들렸다. 그리고 얼굴이 찬물에 담가진 주물처럼 딱 굳어졌다. 나는 얼결에 뒤를 돌아보았다.

우리는 담임을 거부한다!

붉은 매직 글씨가 알림난에 휘갈겨 있었다. 그 밑에는 파란색의 다른 글귀도 있었다.

네가 민주 교사냐? 병신이지!

교탁 양 모서리를 두 손으로 붙들고 고개를 숙이고 있던 그가 고개를 흔들었다. 그리고는 비명처럼 내뱉았다.

"더 이상은 안 되겠다! 더 이상은."

오래도록 발작적인 기침에 휘둘리다 그는 교실을 나갔다.

다음날 아침, 아이들은 애써 웃고 떠들었지만 일이 어떻게 펼쳐질지 몰라 그가 조회 들어올 시간을 기다리는 내내 얼굴이 긴장과 두려움으로 얼룩져 있었다.

나를 날카롭게 째려본 뒤 스스로의 두려움을 내던지기라도 하듯 수미가 책상에 올라가 을렀다.

"우리는 모두 한배를 탔다. 따라서 우리는 같이 살고 같이 죽는다. 배반자가 생기면 용서하지 않겠다. 만일 내가 짤리더라도 그 년은 끝까지 쫓아가 갈가리 찢어 놓고 말겠다."

수미가 자리에 앉고 곧 그가 들어왔다. 해쓱한 그의 얼굴도 수미의 말처럼 날이 서 있었다.

"여지껏 살아오면서 학칙을 들어 여러분을 지도하겠다는 생각은 꿈에도 해 본 적이 없습니다. 그러나 이제는, 여러분이 나를 거부하고 내 지도를 거부하는 지경에 이른 이제는, 학칙을 적용해서라도 여러분의 잘못을 바로잡아야겠다는 생각입니다. 아무리 생각해도 다른 방법이 없기 때문입니다.

그러나 한 번 더 기회를 주겠습니다. 여러분이 어제의 잘못을 뉘우치고 내 지도에 충실히 따르겠다면 문제 삼지 않겠습니다. 따르지 않겠다면, 학칙 그대로 처리하는 수밖에 없습니다. 마지막으로 묻겠습니다. 앞으로 내 지도에 불응하겠다는 사람은 앞으로 나오세요."

아무도 나오지 않았다. 그러면 그쯤에서 끝냈어야 했다. 그는 일을 확대시키고 있었다. 아마도 이참에 반 분위기를 확실히 바로잡겠다는 생각이 앞서서 그랬는지 모르겠다.

"말을 바꿔서 다시 묻겠습니다. 모두 일어나세요. 내 지도에 충실히 따르겠다는 사람은 앉고, 그러지 못하겠다는 사람은 그대로 서 있으세요."

　서로 눈치만 볼 뿐 아무도 쉽게 앉지 못했다. 어제 교실에 남아있던 아이들도 엉덩이를 실룩이며 망설일 뿐 그대로 서 있었다. 처벌의 두려움도 컸지만 어제 행동을 같이 하지 못한 찜찜함이 더 마음에 남아 머뭇거리게 했고, 수미의 말마따나 모두가 하나 되어 버틴다면 담임도 어쩔 수 없으리라는 계산도 했다. 더구나 처벌은 순간일 수 있지만 수미의 보복은 그 끝을 알 수 없는 터였다. 또 그가 우리의 완전한 항복을 원했다는 점도 문제였다. 그 항복 요구가 순간적인 반발심을 불러일으켜 나중에 어떻게 될 값에 곧바로 앉을 수는 없었다. 나는 그를 따르겠다는 의사 표시도 하고 싶지 않았지만 수미에게 휘둘려 이렇게 하는 것은 더더욱 내키지 않았다. 그렇지만 아무도 앉는 사람이 없는데 나 혼자 앉을 수는 없었다. 시간이 지나서는 더더욱 앉을 수가 없었다. 시간이, 맷돌처럼 무겁고 단단해진 시간이 가슴을 짓눌렀다.

　"그러면 할 수 없습니다. 내 지도에 따르지 않겠다면 어쩔 수 없는 일이지만 학생부에 넘기겠습니다. 모두 학생부 교무실로 따라오세요."

　그가 풍선에서 바람이 빠져나가는 듯한 목소리로 말했다.

교무실에 가까워질수록 수미 일행은 자꾸 뒤꽁무니로 빠졌다. 그래도 대열의 앞꼭지는 벌써 교무실에 들어서고 있었다.

"이 자식들 뭐야?"

학생부 선생들이 튀어나오며 소리쳤다.

우리가 주춤하는 사이 앞서간 그는 학주에게 뭔가를 말하고 있었다. 듣고만 있던 학주가 우리에게 다가와 낮은 목소리로 을렀다.

"모두 교실로 올라가라. 꾸물거리는 놈은 그 자리에서 날려 버리겠다."

그의 목소리는 칼끝 같은 날카로움과 곧 쇠몽둥이로 내리칠 것만 같은 위협이 잔뜩 뭉쳐 있어 듣기만 해도 오줌을 지릴 정도였다. 모두들 혼이 빠져 재빨리 교실로 돌아왔다. 수미 일행이 '불면 죽인다'고 을러메는 그 순간, 학주와 학생부 남자 선생들이 들이닥쳤다.

"이제부터 너희들 지도는 학생부에서 맡는다. 모두 머리 위로 손을 번쩍 든다. 실시! 움직이거나 손이 내려오는 놈은 그 자리에서 사망이다. 미리 일러 두는데, 집단 행동에 대한 용서는 없다. 주동자는 말할 것도 없고 행동을 같이 한 사람 모두 처벌이다. 퇴학은 당연하고 죄질이 나쁘다고 판단되면 경찰에 넘길 수도 있다. 처음엔 물론 불지 않겠지. 그러나 시간이 지나면 다 불게 돼 있다. 그 점은 걱정하지 않아도 된다. 내가 굳이 듣고 싶지 않아도 너희들 스스로 말하게 될 테니까. 다만 우리를 수고롭게 하는 만큼 처벌의 강도는 더 세진다. 그러나 만약, 내 지도에 충실히 따른다면 정상을 참작해 볼 여지는 있다. 먼저 본격적인 조사에 들어가기 앞서 너희들 불만 사항을 파악해 보겠다. 손 내리고, 지금부터 연습장을 꺼내 불만 사항을 적는다. 실시!"

학주는 거침이 없었다. 그가 한번 뱉으면 그것은 법이고 지키지 않으면 몸이 성하기를 기대할 수 없었다. 모두 연습장을 꺼내 적기 시작했다.

"거기 너희놈들 뭐야?"

칠판 지우개가 수미쪽으로 날아갔다. 그리고 교탁이 엎어졌다. 학주가 발로 차 버린 것이다. 이내 연필 굴러가는 소리 외에는 숨소리 하나 들리지 않았다.

나는 그가 반을 확실히 장악하지 못해 문제가 생겼다고 썼다. 자율성과 민주성을 기른다고 무섭게 하지 않고 인간적으로만 대할 뿐, 폭력 학생을 그대로 놔둬서 일이 커졌다고.

그러나 나는 곧 연습장을 뜯어 냈다. 지금 그를 공격하는 것은 부관참시였다. 수미와 다른 대척점에 서 있을 뿐인 학주에게 알리는 것은 그의 무능만을 고발하는 것에 지나지 않는 일이었다.

학주가 쪽지를 다 걷자 1교시 시작종이 쳤다.

"내가 너희들 불만 사항을 분석하고 2교시에 다시 들어오겠다. 무엇이 현명한 판단인지 잘 생각하고 처신하기 바란다. 이상."

1교시에 들어온 수학 선생은 어이없다는 표정으로 한참 우리를 쳐다보다가 말문을 열었다.

"사람은 누구나 불만이 있을 수 있고, 또 견디기 어려우면 그것을 해소하기 위해 상대를 공격할 수도 있다. 그러나 너희들의 공격 대상이 너희 담임이라는 데는 좀체 이해할 수가 없다……. 마음을 비우고 한 번 생각해 봐라. 너희 담임이 너희에게 뭘 잘못했는지를. 학급 운영을 민주적으로 하고, 너희들 의사를 존중해 주는 것이 죄니? 강압적인 방법을 쓰지 않는 것이 죄니? 너희는 담임이 착하고 학급 운영을 민주적으로 하니까 때리지 않을 거라고, 무서울 게 없다고 대들은 것이다. 정작 너희들이 저항해야 할 대상에게는 숨도 크게 못 쉬면서. 상대가 강압적인 방법을 쓰지 않는다고 약점 아닌 약점을 잡아 공격해 댄다면, 그리고 몇몇 사람이 작은 불만을 크게 포장하여 판을 뒤엎어 버린다면 우리 사회는 어떻게 될까? 내가 걱정스러운 점은 너희들이 펼쳐 갈 미래다……."

그의 인간성이나 진정성은 우리에게 통하지 않았다. 그가 좀 더 노련하게 인간적인 방법과 강압적인 방법을 적절하게 구사하지 않아서일까? 아니면 우리의 영악함이나 그의 우직함만으로는 설명할 수 없는 어떤 것이 있었을까? 어쩌면 그것은 그와 우리의 주파수가 달랐기 때문이거나 또는 일방적인 통제와 복종만 있는, 그와 같이 개성을 존중하고 각기 다른 개성의 조화를 강조하는 사람은 설자리가 없는, 모두가 힘이 더 센 곳으로 쏠리거나 힘이 센 자에게 복종할 수밖에 없는, 그리하여 수미와 같이 힘을 추구하고 그로써 성립된 권력을 누리는, 그것을 제압함으로써 다른 힘을 갖는 학주와 같은 이들이 병립하는, 순리로는 두 힘의 균형을 무너뜨릴 수 없는 이 같은 학교 구조 속에서는 애초부터 그와 우리가 진정으로 만날 수 없는 일이었는지도 모른다. 그렇다면, 인간과 인간이 서로 만날 수 없는 곳이라면 이런 학교는 차라리 무너져 버리는 것이 낫지 않을까? 무너져서 새로운 어떤 것이 그 자리에 세워져야 하지 않을까?

내 가슴 속에는 슬픔과 분노의 폭우가 쏟아지고 있었다. 아무래도 이것은, 우리는 정상이 아니었다.

예고대로 2교시에는 학주가 들어왔다. 그는 자신이 한 시간 내내 탐독한 내용을 정리했다.

"잘 웃지 않는다, 너무 진지하고 재미없다, 소풍지 결정을 멋대로 했다, 모둠일기에 자기 생각을 썼다고 혼냈다, 욕을 했다, 이것이 너희들의 불만 사항이다.

첫째, 잘 웃지 않는다는 불만은 지극히 주관적이고 감정적인 것이다. 내가 알기로 몸이 너무 아파 고통스러워서 그런데 그걸 불만으로 삼는다면 나도 할 말이 없다. 냉소적인 태도를 버리고 너희가 좀 더 여유 있는 사람이 되길 바라는 수밖에. 둘째, 너무 진지하고 재미가 없다? 이것이 어떻게 불만 사항이 될 수 있는지 나는 이해할 수 없다. 사람은 이런 사람 저런 사람 있게 마련이다. 그 여러 사람을 겪으면서 너희는 성장한다. 너희가 존중받기를 바란다면 상대도 있는 그대로를 존중하는 미덕을 먼저 배워야 한다. 셋째, 소풍지 결정에 관한 불만 사항인데 소풍은 너희 의사를 최대한 존중하되 교사가 교육적인 의미를 따져 최종 결정한다. 그리고 결정된 것은 반드시 따라야 한다. 넷째, 모둠 일기 내용은 나도 봤다. 만일 그런 모욕적인 언사를 내게 썼다면 나는 그 놈을 그 자리에서 날려 버렸을 것이다. 그 또한 교사의 지도가 당연하다. 더구나 표현을 가다듬어 쓰라는 것이 무슨 문젯거리가 된다는 말이냐, 응? 다섯째, 너희는 담임 선생이 두 녀석을 혼내면서 욕을 했다고 썼는데 확인 결과 담임은 그런 욕을 한 적이 없다고 한다. 그런데 하지도 않은 욕을 빌미삼아 집단 행동을 벌여? 너희가 정신이 있는 놈들이야? 그리고 담임의 지도를 거부해? 이제 본격적인 조사에 들어가면 너희들은 모두 다친다. 어때? 계속해서 담임의 지도를 거부해 볼 테야? 왜 아무도 말이 없어? 또 하나, 만일 너희 담임이 더 이상 너희를 맡지 못하겠다고 하면 규정상 사고반은 내가 맡게 돼 있다. 귀찮지만 내가 너희 담임이 된다는 말이다. 어때, 불만 없겠지?"

아이들의 낯빛이 파랗게 질려갔다. 그리고 나를 쳐다봤다. 그러나 나는 뭐라고 할 말이 없었다. 제발 그렇게라도 됐으면 좋을 터였다. 수미가 벌떡 일어났다.

"저희들은 담임 선생님의 지도에 충실히 따르겠습니다."

"그렇습니다. 저희는 담임 선생님의 말씀을 잘 듣겠습니다."

다른 아이들도 한 마디씩 거들었다. 그 애들에게는 선택의 여지가 없었다. 학주가 담임이 되는 화를 피하기 위해서는 항복하는 수밖에.

"좋다. 그렇다면 모두 각서를 써라. 내용은 지난 잘못을 깊이 반성하며, 앞으로는 무슨 일이든 담임 선생님의 말씀에 절대적으로 복종하고 충실히 따르겠다는 것이다. 이의 있는 사람 손들어라. 좋다. 그럼 모두 정성을 다해 쓴다."

각서를 받아 든 학주는 매수를 헤아린 뒤 나와 부회장 선미를 일으켜 세웠다.

"지금 국어 시간이다. 너희는 내가 나가면 바로 교무실로 내려가 담임 선생님께 고개 숙여 사과 드리고 모시고 올라와라. 한마디 덧붙이자면 이번 일이 조용하게 마무리되면 크게 문제 삼지는 않겠다. 하지만 만에 하나 다른 소리가 들리거나 담임의 처지를 어렵게 한다면 주동자를 색출하는 것은 물론 가담한 사람들 모두 내가 할 수 있는 최대의 처벌을 할 것이다. 알겠나?"

"예, 알겠습니다."

"이상!"

한참 뒤에 들어온 그는 제웅처럼 얼굴 표정이 텅 비어 있었다.

그는 사건에 대한 아무런 말도 없이 수업을 해 나갔다. 중간고사를 앞둔 마지막 시간이라 시험 진도 나가기가 촉박하기도 했다.

수업 끝머리에 그는 책을 덮고 조용히, 힘겹게 말했다.

"앞으로 어떻게 해야 할지 내 거취 문제는 며칠 생각한 뒤에 결정하겠습니다."

시험 기간 내내 그는 교실에 들어오지 않았다. 아이들은 긴장하는 표정이 역력했다. 다른 선생을 붙잡고 학주가 담임 대신 소풍에 가냐고, 학주가 진짜 담임이 되냐고 묻기 바빴다. 아이들은 그의 사라짐보다는 학주의 등장을 두려워하는 것이다. 수미 일행은 눈에 띄게 전전긍긍했다.

마지막 시험마저 끝났다. 수미가 내 등을 떠밀었다. 그 애에게서 처음 보는 꽤나 간절한 눈빛이었다.

"네가 가서 모시고 와! 내일이 소풍이잖아?"

내가 교실을 채 나가기도 전에 그가 들어왔다. 한참 동안 창밖을 내다보던 눈길을 거두고 그가 입을 열었다.

"힘들었지만 여러분만이 희망이었습니다. 여러분만이 세상을 바꿔 내고 그리하여 지금과는 다른 세상을 열어 갈 희망이라고 믿으며 견뎌 왔습니다. 그런데 내가 여러분한테 배척받다니!

나는 더 이상 존재 의미를 찾을 수가 없었습니다. 인간에 대한 환멸과 교직에 대한 회의, 그리고 지혜롭지 못한 나 자신의 무능에 대한 슬픔으로 무척이나 괴로웠습니다.

학교를 감옥으로 여기는 여러분의 심정을 이해하지 못하는 바도 아닙니다. 스스로의 괴로움을 이기지 못해 남을 괴롭히고, 일부러 학칙을 위반하고, 교과서를 찢고, 갖가지 저항을 일삼는 것도 충분히 헤아릴 수 있습니다. 나와 관련된 문제를 떠나 이 문제를 어떻게 풀어야 할지 오래 고민했습니다. 학교가 감옥이라면, 이 감옥은 무너져야 합니다. 그렇지만 지금 당장은 어찌할 수 없는 일이어서 이 건물을 보수하고 살아야 한다고 생각했습니다. 우선 여러분에게 자치권을 주고 여러분 스스로 생활을 개척해 나가는 것이 중요하다고 생각했습니다. 물론 한 번도 경험하지 못했고 시키는 대로만 살아와서 여러분이 혼란스러워 하리라는 것은 충분히 예상했던 것입니다. 그것도 둑이 무너지면 범람했던 물이 제 물줄기를 찾아가듯이 시간이 흐르면 해결될 문제라고 생각했습니다. 다만 교사가 참을성 있게 기다려 주느냐의 문제만 남았다고 생각했습니다. 그런데 뜻하지 않게 병을 얻었고, 그 와중에서 나는 이렇게 침몰하고 말았습니다. 내가 민었던 여러분에게 말입니다. 게다가 막판에는 다급한 나머지 강압에 기대어 일을 해결하려고까지 했습니다. 그것이 나를 몹시 아프게 합니다. 모든 게 다 내 능력 부족일 뿐, 이제 다 지나간 일입니다.

인간은 변화 가능성 때문에 아름답다고 합니다. 나는 그 가능성을 믿고 싶습니다. 나에 대한 반발은 편협한 교육에 대한 저항의 기억으로 간직하기 바라며, 여태까지 우리 반에 있었던 안 좋은 일들은 내가 다 안고 가겠습니다. 항상 스스로를 존중하며 무사히 졸업할 수 있기를 거듭 바랍……."

말을 다 맺기도 전에 그는 교탁 밑으로 주저앉았다. 기침이 쏟아져 나왔기 때문이었다. 그의 기침은 쉬이 멈추지 않았다. 오분이 훨씬 지나서야 그는 간신히 교탁 모서리를 붙잡고 일어섰다. 그리고는 고개를 숙인 채 교실을 나갔다.

차가 서울을 벗어나자 가을이 한창인 들녘이었다. 평온해 보였지만 푸른 녹색이 누런 갈색으로 바뀌느라 들판은 소리 나지 않는 전쟁을 벌이고 있었다. 색깔뿐이 아닐 터였다. 저 들판 안의 갖가지 곤충들, 눈에 보이지 않는 미생물들까지도 전쟁의 복판에서 자기 삶을 송두리째 내던지고 있을 터였다. 전쟁은 운전기사 머리 위 텔레비전 화면 속에서도 한창이었다. 큰구슬우렁이는 살아 있는 조개를 빨아먹고 집게는 비단고둥을 잡아먹고 마도요는 칠게를 잡아먹……. 그가 준비한 비디오 테이프 '갯벌은 살아있다'였다. 저렇게 먹고 먹히는 전쟁터가 '살아 있음'이라니! 살아 있음을 증명하는 것이라니! 나는 갑자기 살아갈 날이 막막해지는 느낌이었다.

버스 앞자리에 앉은 그는 앞만 보고 있었다. 뒤에서 바라보이는 그의 뒤통수가 밀려난 패잔병처럼 적막하고 쓸쓸해 보였다. 나는 우리가 터널을 빠져 나온 것 같은 데 그게 무슨 터널이었는지, 왜 거길 빠져 나와야 했는지 갈피가 잡히지 않았다. 그저 창 밖의 풍경만 지치도록 바라볼 뿐이었다.

바닷가에 도착했다. 다른 반 아이들은 환호성을 지르며 바다로 내달았지만 우리 반 아이들은 애써 바다를 보려고도 하지 않고 송림 여기저기에 뭉쳐 있었다. 수미가 갯벌 생태를 설명하고 있는 그의 곁을 들락거리는 정도였다.

갯벌 생태 탐사가 끝난 뒤 곧 점령군처럼 밀물이 들어왔다. 그는 모래사장 한 끝에 앉아 벙벙해지는 바다에 눈살을 모으고 은박지로 부서져 반짝이는 바다를 쓸쓸하게 내려다보고 있었다. 이 세상 아무도 없다는 듯, 다가갈 수 없는 쓸쓸함의 무게에 짓눌려 있었다. 나는 먼발치에서 그를 바라보기만 했다. 그를 어떻게 대하고 그에게 무슨 말을 해야 할지 잘 정리되지 않았다. 내가 어디에 서 있는지조차 가늠할 수 없었다.

소풍이 끝나고 그는 학교에 나오지 않았다. 대신, 병이 깊어져 다시 병원에 입원했다는 소식이 가랑잎처럼 날아왔다. 폐렴이 합병증으로 왔다는 것이다. 나는 혼수 상태에 빠진 그를 침대 모서리에서 내려다보며 되돌아올 수밖에 없었다. 내 삶이 그처럼 혼수 상태에 빠진 것만 같았다.

바람이 불었다. 운동장에는 발에 짓밟힌 졸업식 안내 리플릿이 휴지 조각처럼 뒹굴었다. 확성기에 담긴 교장의 목소리는 미처 분절되지도 못한 채 저 혼자 떠들다 흩어지고 있었다.

그는 아직도 병원에 있었다. 그리고 반은 학주 아닌 상담실 교사가 맡았다. 그의 기침은 차도가 없고 무엇보다 그는 치료에 대한 의지를 보이지 않았다.

그가 낮고 싶어 하지 않을지도 모른다는 생각이 들었다. 학교로 돌아오고 싶어 하지 않을지도 모른다는 생각이 들었다. 이제 생각해 보니, 그는 내가 한 번도 겪어 보지 못한, 이름 붙이기 어려운 교사였다. 잘 알려지고 편한 방법을 버리는 대신 자신만의 방법을 고집하고, 자신의 실패조차도 우리가 배우도록 한 교사였다. 그러기에 그는 실패할 수밖에 없었을까?

다시 바람이 불었다. 바람의 등을 타고 먼지 알갱이들이 하늘로 솟구쳤다. 그 먼지 알갱이들 속에서 문득 그의 엷은 미소가 부서지고 있다는 느낌이 들었다. 아직 이 학교 어딘가에서 나를, 우리를 바라보고 있다는 느낌이 들었다. 나는 고개를 돌려 그를 찾았다. 그러나 내 눈끝으로는 먼지와 뒤섞인 밀가루가 날아올 뿐이었다. 확성기 소리가 끊어진 것과 동시에 아이들이 뿌려 대는 것이었다. 아이들은 벌써 허옇게 설인(雪人)이 되어 운동장을 누비고 있었고 찢어진 교복이 아이들의 몸에서 깃발처럼 나부꼈다.

교문을 나서며 나는 이제 이곳을 졸업하는 것이라고 스스로를 다독였다. 그렇지만 아직도 거쳐야 할 학교가 남아 있다는데 생각이 미치자 마음이 캄캄해졌다.

교문 밖에는 밀가루를 뒤집어 쓴 설인들 곁에 역시 밀가루를 허옇게 손에 묻힌 수미가 서 있었다.

"병원이 어디야?"

언젠가 지나가듯이 물었지만, 수미가 병원에 다녀왔는지는 모른다. 소식을 들은 바도 없다. 나는 그들 곁을 스쳐 지나며 수미의 단단한 어깨와 등을 다시 봤다. 힘 좀 쓴다는 사내들이나 가질 만한 어깨와 등이었다. 그 어깨와 등이 너무 크고 단단해 보여서 나는 괜히 앞꿈치로 쌓인 눈을 툭툭 차며 걸었다. 내가 본 것은 어쩌면 슬픔이었다. 길을 찾지 못한 힘이 옹이처럼 솟아오른.

해설

학교를 의심하라!

박일환(시인)

소설입니까? 소설입니다!

이 작품집에 실린 소설을 다 읽은 사람이, "요즘 학교, 요즘 학생들이 정말로 이 정도인가요?"라고 물어올 수도 있겠다는 생각을 한다. 실제 현실이라면 너무 끔찍한 거 아니냐는 반문과 함께. 이럴 때 "그냥 소설이니까요."라고 답을 할 수 있을까? 흔히 소설은 현실을 반영한다고 한다. 단순한 반영이 아니라 재구성이라는 표현이 조금 더 가까울 수도 있겠다. 경우에 따라서는 현실이 소설보다 더 드라마틱하다는 표현도 쓴다. 요즘 소설이 안 팔리는 이유가 소설보다 더욱 흥미진진한 사건들이 쏟아지고 있기 때문이라는 말을 하는 사람들도 있다. 소설과 현실의 관계는 이처럼 유동적이면서 가변적이다. 따라서 여기 실린 작품들 속에 펼쳐진 이야기들이 현실이냐 소설이냐를 따지는 건 불필요한 일일 수도 있다. 다만 작가가 소설을 쓴다는 자의식을 가지고 써내려 간 것만은 분명하고, 따라서 단순한 보고서나 르포와는 다른 지점이 있다는 것을 인식할 필요가 있다.

이 소설집에 나오는 등장인물들이 대한민국 청소년들의 평균 모습은 아니다. 하지만 평균 모습이 진실을 말해 주지는 않는다. 소설이 '문제적 인물'을 중요시하는 까닭이 여기에 있다. 진실은 대부분 현상 뒤에 가려져 있기 마련이다. 누군가 의도적으로, 혹은 기존의 질서와 제도가 관습적으로 진실을 은폐해 온 역사를 우리는 알고 있다. 역사는 실증이 아니라 해석이라는 관점이 존재하듯이, 소설 역시 사건이 아니라 사건의 해석에 관여하고 있다고 말할 수도 있다. 그러기 위해서는 소설가가 단순히 현실을 있는 그대로 보여 주는 데 그치는 것이 아니라 현실을 찢고 그 안으로 들어갈 수 있어야 한다.

그렇게 해서 얻은 진실의 일단을 독자들에게 펼쳐 보여 줄 때, 소설가와 독자 사이에 긴장감이 발생한다. 진실을 직시하는 것은 때로 고통을 수반하기도 한다. 그래서 애써 진실을 외면하려는 흐름이 생기곤 한다. 모르는 척 외면하거나 잊어버리는 게 훨씬 속 편하기 때문이다. 혹은 진실과 마주하고 난 뒤에 닥치게 될, 자신이 감당해야 할 몫이 두렵기 때문이기도 하다.

이 소설집을 읽어 내려가는 건 고통스러운 일이 될 수도 있다. 나 역시 한 편 한 편을 힘겹게 읽어 내려갔다. 하나 같이 상처투성이인 아이들의 삶을 들여다보는 동안 어찌 숨이 막히지 않겠는가. 그럼에도 작가가 들이민 소설 속 현실을 외면할 도리가 없다. 피해간다고 해서 상처가 숨겨지거나 사라지지는 않는 법이니까. 어쨌거나 우리는 이 세상에 몸담은 채 살아가야 하고, 그 안에서 작은 몸부림이라도 쳐야 하니까.

IMF 키드 잔혹사

한국 사회에 IMF라는 거대한 파도가 덮친 건 1997년이다. 그 이후 많은 것이 변했다. 변했다는 말보다는 많은 것이 파괴되었다고 하는 게 더 정확할 수도 있다. 요즘 청소년들이 바로 IMF 이후의 세대라는 데서 이전 세대와 다른 비극의 양상이 펼쳐지기 시작했다. 생각해 보면 내가 중·고등학교에 다니던 1970년대 시절에도 폭력과 억압은 존재했고(지금보다 심하면 심했지 덜하지는 않았다), 청소년의 일탈 행동 역시 늘 골칫거리였다.

흔히 IMF 체제 이후의 삶을 이야기할 때 구조 조정과 그에 따른 가장의 실직과 경제적 곤궁, 그 지점에서 불가피하게 갈라져 나온 가정의 붕괴와 같은 문제들을 거론한다. 토를 달 수 없을 만큼 타당하면서도 지극히 일반적인 분석이다. 그로 인해 중하층 계급에 속한 가정의 청소년들이 고통을 당하고 있다는 것 또한 사실이다. 이들 청소년 세대를 일러 'IMF 키드'라고 부를 수도 있겠다.

"아빠는 직장에서 쫓겨나 3년째 다른 직장을 잡지 못했어요. 마트 계산원을 하며 혼자 우리 집 생활을 책임지던 엄마는 아빠의 무능과 매질을 견딜 수 없어 도망갔어요. 내가 초등학교 6학년 때요. 나는 내 잘못인 줄 알고, 내가 엄마 말을 안 들어서 그런 줄 알고 엄마가 도망간 쪽을 향해 무조건 빌었어요. 돌아오라고, 제발 돌아와 나 좀 살려 달라고. 됐어요? 알고 싶은 게 이건가요? 그런 내가 어떻게 아빠랑 잘 지내요?"

─「선택」 중에서

「선택」의 주인공 지수의 비틀린 삶은 가정의 붕괴에서 비롯했다. 기댈 울타리가 없다는 걸 알게 된 지수는 자신을 할퀴는 존재들과 맞서기 위해 사나운 발톱을 장착해 나간다. '유리창을 깨서 휘둘'고, 자신의 '팔목을 커터로 그은 것도' 모두 살기 위한 몸부림에서 나온 것이다. 하지만 아무리 '나 좀 살려달라고' 빌어도 구원자는 나타나지 않는다. 결국 가출을 반복하던 지수는 역시 가출 청소년인 민기 오빠를 만나 강요된 조건 만남의 구렁으로 빠져든다.

> 나는 돌아서서 내 방으로 들어가 주머니에 든 칼로 벽을 그었다. 칼금이 날카롭게 벽을 채웠다. 날이 부러졌다. 칼날을 밀어서 긋고 또 그었다. 더 이상 밀어 낼 칼날이 남아 있지 않았다. 왈칵 눈물이 쏟아졌다. 누군가가 내 머리를 쓰다듬어 줬으면 싶었다.
>
> — 「선택」 중에서

지수가 민기에게 급격히 마음을 주게 된 것은 자신의 '머리를 쓰다듬어' 줄 누군가가 필요했기 때문이다. 그러한 결핍의 공간을 민기의 교활하면서도 그악스러운 손길이 파고들었던 셈이다. 자신을 구원해 주리라 믿었던 민기가 실은 사랑을 빙자해 자신을 착취하는 악덕 포주나 다름없는 존재에 불과하다는 사실이 드러났을 때 지수가 할 수 있는 건 자신의 손목을 긋는 것뿐이었다. 몸에서 피가 빠져나가는 동안 '민기의 얼굴이 잠깐 스쳐 지났'을 뿐 '더는 떠오르는 사람도 없'는 상황을 지나 지수는 새로운 각성에 다다른다.

"너야말로 조심해. 나도 이제 무서운 게 없는 사람이야. 지옥까지 갔다 온 사람이라고! 한 번만 더 날 괴롭히면 나도 끝장을 낼 거야."

그가 뒤돌아서며 팔을 들어 가운뎃손가락을 치켜들었다. 핸드폰 뚜껑을 닫고 커터를 주머니 안에 내려놓았다. 멍했다. 내가 무슨 일을 했는지 알 수가 없었다. 민기가 잘못했다고 빌었으면 어떻게 됐을까? 또 그를 따라 나섰을까? 그 다음엔? 가슴이 서늘해졌다. 동시에 쾌감 같은 것이 가슴 속에서 솟구쳤다. 살면서 처음 느껴보는 감정이었다. 내 자신에게 박수를 쳐주고 싶었다. 내 머리를 쓰다듬어 주고 싶었다. 이제 내 품에도 칼이 장착되어 있었다. 내 마음 속에도 날카롭고 둔중한 게 몇 자루 더 있었다. 죽음 저편에서 습득한 것들이었다.

—「선택」 중에서

지수는 결국 먼 길을 돌아 자신에게 돌아왔다. 자신의 머리를 쓰다듬어 줄 존재는 자신밖에 없다는 걸 알게 된 지수는 자기 파괴를 멈출 수 있는 좀 더 강한 자아를 갖게 될 것이다. 그럼에도 의문은 남는다. 지수가 자신의 품과 마음에 장착한 칼은 스스로를 지켜줄 수 있을까? 죽음을 건너왔으며, 독기를 품고 민기를 떨쳐냈으니 지수가 다시 집으로 돌아오는 건 당연한 결말일 수도 있다. 그리고 집을 나가기 전과 '죽음 저 편'을 거쳐 돌아온 후의 모습은 다를 수 있을 것이다. 하지만 지수의 앞날을 낙관할 수만은 없다. 지수를 둘러싼 완강한 현실은 그대로일 테니. 지수에게는 그나마 같은 상처를 통과해 온 담임이라는 존재가 있어 멘토 역할을 해 줄 수 있었으나, 또 다른 지수들에게 과연 그런 역할을 해 줄 수 있는 멘토들이 존재할 수 있을까? 현실은 희망과 낙관을 배반하기 일쑤이며, 생각보다 훨씬 냉혹하고 엄중하다는 사실을 떠올리는 건 괴로운 일이다. 그 괴로움 끝에서 작가가 지수에게 보내는 격려의 메시지를 수많은 지수들이 받아 안아 주기를 소망한다.

불안은 영혼을 잠식한다

앞서 말한 IMF 키드들은 가정의 붕괴로 인해 버림받거나 빈곤으로 내몰린 아이들만을 뜻하지는 않는다. 이른바 중산층에 속한다고 하는 가정의 아이들 역시 IMF 이후에 변화한 대한민국의 현실을 몸으로 체득하며 살아가고 있는 중이다. 이 아이들은 대한민국 사회가 늘 안 좋아지기만 했지 한 번도 나아지는 걸 경험하지 못했다. 그러다 보니 노력해서 무얼 이룬다는 것에 대한 기대를 갖기 힘든 상태에 익숙해졌다. 미래에 대한 불안과 그로 인해 현실에 맞서지 못하고 물러서거나 주저앉는 무기력, 이 두 가지가 IMF 키드들의 내면을 형성하고 있다.

'한 번도 무엇이 되겠다, 무엇을 해 보겠다 꿈꾸어 본 기억이 없'는 유미(「염소의 꿈」), 공부보다 화장에 몰입하는 여학생들(「니는 지는」), "나도 잘 모르겠어. 내가 왜 이렇게 사는지. 사실 나도 뭘 특별하게 하고 싶은 게 없어."라고 말하는 남학생(「용감한 형제」)들이 그런 부류에 속한다.

나는 어정쩡한 편에 속한다. 멋모르던 1학년 때 전교 3등도 해봤지만 공부라는 게 싫다. 바보 같은 짓 같기도 하고, 바보가 되는 짓 같기도 하고. 왜 여기 앉아 있냐고? 가출도 해 봤지만 우리가 갈 데가 어디 있는가? 나는 그냥 이 풍경을 즐기고, 저 녀석들 머릿속을 헤집어 보는 게 좋다. 시간마다 바꿔 들어오는 선생들 머릿속을 스캔하는 것도 좋고. 그래야 시간이 빨리 가지 않겠는가?

-「스캔」 중에서

위 소설의 화자 마동탁은 교실 책상에 앉아 하루 종일 친구와 선생님들의 모습을 '스캔'하는 일로 시간을 죽인다. 자신의 삶과 생활에 집중하지 못한다는 건 자신의 정체성을 잃어버렸다는 얘기와 통한다. 아니 스스로 정체성을 내려놓았다고 하는 편이 옳겠다. 그런 아이들에게 왜 꿈이 없느냐고 다그치는 건 그들의 심리 상태를 전혀 이해하지 못하고 있기 때문이다.

한편 「스캔」은 스릴러 형식을 도입한 작품이다. 대부분의 스릴러물이 그러하듯 최후의 범인을 찾아가다 마지막 부분에서 뜻밖의 결말을 보여 준다. 방외자인 듯하던 마동탁이 실은 범죄의 정점에 있다는 사실은 체제의 그물이 얼마나 촘촘하게 엮여져 있는지를 알 수 있게 한다. 그리고 서술 중간 중간에 마키아벨리와 루소 같은 사상가들의 말을 마동탁이 인용하게끔 한 것 역시 다분히 의도적이다. 극성스러운 엄마에 의해 고전 읽기를 강요당하지만, 마동탁은 그렇게 주입된 고전을 철저하게 자기 합리화에 이용할 뿐이다. 끝부분에서 마동탁은 이렇게 말한다.

"이제 비로소 게임이 시작된 것 같다. 마키아 형님이 말했다. 군주는 스스로를 지키기 위해 악당이 되는 법을 배워야 한다고."

'스스로를 지키기 위해 악당이 되는 법'을 익혔다고 말하는 마동탁에게 과연 누가 돌을 던질 수 있을 것인가? 돌을 던질 수 없다면 누구에게 죄를 물을 것인가? 마키아벨리인가, 엄마인가, 아니면 체제인가?

IMF 키드들은 기성세대들이 생각하는 것보다 훨씬 민감하게 현실 세계에 반응하고 있다. 공무원이나 교사가 되는 걸 자신의 진로로 삼는 아이들이 많아졌다는 건 그만큼 미래의 불확실성을 체감하고 있다는 사실의 반증이다. 모험이나 도전보다는 안정이 우선이라는, 저 애늙은이들의 보수성은 IMF 이후 우리 사회가 만들어 놓은 체제의 산물이다.

불안의 일상화는 어른들 역시 마찬가지다. 부의 양극화와 비정규직 문제가 우리 사회의 아킬레스건으로 자리 잡은 지 오래 되었지만 여전히 해법을 찾지 못하고 있다. 정규직이라고 해서 불안감으로부터 자유로운 것은 아니다. 자신들도 언제 어떻게 구조 조정의 희생물이 될지 모른다는 불안감이 비정규직 문제를 외면하게 만들고 있으며, 벌 수 있을 때 벌어 두어야 한다는 강박감으로 인해 스스로 잔업과 철야를 자원하기도 한다. 고연봉 정규직의 임금을 삭감하고 그만큼 비정규직의 처우를 높이자는 고통 분담안 같은 것들이 호응을 받지 못하는 이유도 여기에 있다.

이들은 자신의 미래가 불안한 만큼 그에 비례해서 자식들이 나중에 경쟁 사회에서 도태될까 봐 노심초사한다. 그래서 자신의 자식들이 어떻게 해서든 좋은 성적을 얻어 일류 대학에 진학하기를 바란다. 남들에게 뒤처지지 않으려면 학력 자산을 높이는 길밖에 없다는 관념이 그들의 내면에 뿌리 깊게 박혀 있기 때문이다. 여유와 성찰보다 강박과 맹목이 앞서면 그냥 앞만 보고 달릴 수밖에 없다.

나는 엄마가 운전하는 차를 타고 엄마 옆자리에 앉아 어딘가로 가고 있다.

"이상하다. 앞차가 안 보이네!"

엄마는 가속 페달을 밟는다. 창밖 풍경이, 내가 좋아하는 옆 반 현지가 잠깐 사이에 획획 지나간다. 숨이 답답해진다. 나는 견딜 수 없어 비명을 지른다.

"조금만 참아! 목적지에 도착할 때까지."

"거기가 어딘데?"

"나도 몰라. 가 보면 알겠지."

엄마는 가속 페달에서 발을 떼지 않는다. 아버지는 그런 엄마에게, 겁에 질려 구토가 밀려 나오는 내게 박수를 치고 있다. 그런데 아무리 달려도 목적지가 나오지 않는다.

"이 길이 맞나?"

엄마가 고개를 갸우뚱거린다. 그러면서도 가속 페달을 밟은 발을 떼지 않는다. 아버지는 여전히 등 뒤에서 박수를 치고 있다. 박수 소리가 점점 커진다. 그 소리에 나는 깬다.

−「스캔」중에서

맹목은 결코 회의(懷疑)를 허락하지 않는다. 회의하느라 꾸물대는 동안 남들이 이미 저만치 앞서 달려갈 것이라는 두려움에 사로잡혀 있는 탓이다. 그러니 일단 달려야 한다. 두려움을 떨쳐 버릴 수만 있다면 목적지가 어딘지는 더 이상 중요하지 않다. 그러나 이미 아이들은 고난의 길 끝에 영광이 기다리고 있을 거라는 믿음을 버린 지 오래다.

영어 끝나고 과탐 선생 시간 맞춰놨어. 시간이 없다는 걸 사정사정해서.

밤 열한 시, 수학 학원에서 영어 학원으로 이동하는 차 안에서 김밥을 입에 넣어 주며 엄마가 말했다.

바다가 보고 싶어. 어디 훌쩍 여행이라도 다녀왔으면 좋겠어.

조금만 참아. 2년만 지나면……

유미는 우적우적 김밥을 씹었다. 이빨 사이로 물소리가 흘러나왔다. 소리는 점점 커져서 파도 소리로 변해 갔다. 유미는 파도 소리를 따라 나섰다. 바다가 눈에 가득 들어왔다. 모래 언덕을 달려 내려갔다. 저 물에 몸이 닿으면 몸도 바다가 될 것 같았다.

– 「염소의 꿈」 중에서

이전에는 학교가 어느 정도 계층 상승의 도구로 작동을 했다.

하지만 지금은 그런 계층 상승의 사다리가 끊어진 형국이다. 그럼에도 부모들이 여전히 사다리를 포기하지 못하는 건 그들의 성정이 유독 그악스러워서 아니라 달리 방법을 찾을 수 없기 때문이다. 〈불안은 영혼을 잠식한다〉는 영화 제목처럼 부모도, 자식도 불안으로 인해 영혼이 피폐해지고 있는 중이다. 「염소의 꿈」의 유미에게는 지친 영혼을 잠시 달래 줄 탈출구가 필요했고, 그래서 무작정 바다를 찾아 나섰다. 하지만 짐작하다시피 그런 탈출구는 존재하지 않는다. 학교를 벗어난 지수(「선택」)와 유미(「염소의 꿈」)를 기다리고 있던 건 악마의 손길들뿐이었다.

함께 괴물이 되지 않고는 버틸 수 없는 사회, 그게 지금 대한민국이라는 나라의 민낯임을 부정할 길이 없다. 「용감한 형제」에 나오는 동생 철호가 결국 괴물이 될 수밖에 없었던 것도 약한 고리를 치고 들어와 희생물을 요구하는 비인간적인 체제와 맞닿아 있는 셈이다.

학교를 의심하라

이전 시대와 비교하면 학교는 분명히 변했다. 그것도 상당할 정도로 많은 변화가 있어온 게 사실이다. 인권 조례가 만들어졌고, 체벌이 금지되었으며, 촌지 수수와 같은 그릇된 관행이 많이 사라졌다. 더구나 진보 교육감들이 대거 당선되면서 학교교 육을 바꾸어야 한다는 열망이 수면 위로 떠오르기도 했다. 그럼에도 굳건한 기득권 체제는 흔들림이 없다. 여전히 줄 세우기 교육을 강요하는 입시 체제는 난공불락의 요새처럼 버티고 있고, 대학은 점점 취업 준비기관으로 방향을 틀고 있다.

앞서 말한 학교 안의 변화들이 지니는 의미에 대해 잠시 생각해 볼 필요가 있다. 이러한 변화의 대부분이 교사들의 의지와 노력에 의한 것이 아니라는 데서 한계를 보이고 있다. 가령 체벌 금지에 대해 교사들이 혹은 교원단체들이 어떤 역할을 했을까? 시대의 변화에 마지못해 따라간 형국이라고 해도 지나치지 않을 듯하다. 오히려 머리 기르다 잘리고, 화장하다 걸려서 혼나던, 흔히 말하는 날라리들이 있었기에 이만큼이라도 바뀐 게 아닐까? 그들이 엉덩이 찜질을 당해가면서도 꿋꿋이(?) 버텼기에, 어쩔 수 없이 인권 조례도 만들고 체벌 금지도 이루어졌다고 하는 게 꼭 억지 논리만은 아닐 거라고 믿는다. 제도 교육이 강요하는 억압을 수행하는 주체는 바로 교사 집단이고, 여전히 변화에 둔감하거나 저항

하는 세력 역시 교사들이다.

　이러한 모습을 잘 보여 주는 작품이 「니는 지는」이다. 어떤 자리에서 작가가 이 작품을 쓰게 된 계기가 세월호 참사 때문이었다고 말한 걸 들은 기억이 있다. 가만히 있으라는 말이 주는 순종의 미덕을 가장 충실하게 가르치는 곳이 바로 학교이며, 정해진 선 밖으로는 절대 나가지 못하도록 막는 게 바로 교육이라는 이름으로 이루어지는 행위들이다. 누가 만들었든 일단 규정이 정해졌으면 무조건 따르고 지켜야 한다는 논리가 바로 세월호 참사와 연결되는 지점이라고 하겠다.

　　나도 살고 싶어 사는 게 아냐. 태어났으니까 사는 거지. 말이 나왔으니까 하는 말인데, 공부해도 안 된다는 거 니들이 더 잘 알잖아? 우리가 어디까지 갈 수 있는데? 우리가 할 수 있는 게 뭔데? 니들은 니들 새끼 스펙이다 유학이다 난리지만 우리는 뭘 할 수 있는데? 마지막 남은 게 이뻐지는 건데 그것마저 못하게 막냐? 니들 가치는 높여도 되고 내 가치는 높이면 안 되냐, 시바?

　　　　　　　　　　　　　　　　　　　　　　－「니는 지는」중에서

허용보다는 금지가 많은 학교! 학교가 아무리 변했다고 해도 이러한 사실은 변하지 않는다. 체벌이 사라진 대신 대부분의 학교에 벌점이 들어섰다. 방법이 달라졌을 뿐, 억압 기제는 여전히 작동을 멈추지 않고 있는 것이다. 공부를 통해 자신의 미래가 나아지리라는 믿음을 버린 아이들은 그러한 '금지들'을 향해 마음 속으로 연신 '시바'를 날린다. 겉으로는 순종하는 척하지만, 언제든 뛰쳐나갈 준비가 되어 있는 중이다. 그러면서도 끝내 뛰쳐 나가지는 못하는 다수의 아이들이 학교라는 공간 안에서 하루하루를 견디고 있다고 하면 심한 표현일까?

거울 속에는 새로운 나, 내가 원하던 나, 수지보다도 이쁜 내가 있다. 아끼던 티와 청바지를 입고 야상을 걸친다. 사람이 새로 태어난다는 게 바로 이거다. 니들은 죽었다 깨도 모를 테지만.

— 「니는 지는」 중에서

사람은 누구나 자존감을 지니고 살아간다. 어떤 식으로든 자신의 삶에 의미를 부여하고 싶어하며, 그게 충족돼야 살아 갈 수 있는 힘을 얻는다. 작품 속의 주인공은 화장하는 행위가 '내 가치'를 높이는 일이라고 굳게 믿고 있으며, 화장을 통해 '새로운 나'가 탄생하는 경험을 한다. 하지만 '니들은 죽었다 깨도 모'르는 이 지점에서 대립과 갈등이 발생한다. 화장이 해롭다는 식의 논리적 설득이 통하지 않는다는 건, 화장이 아닌 다른 행위를 통해 자존감을 높일 수 있는 방안을 아이들에게 제시하지 못하고 있다는 사실을 보여 준다. 작품 속 주인공에게 자신의 존재 증명이 화장밖에 없다는 것이 못마땅할 수는 있지만, 그런 못마땅함을 아이에게 돌려 주어 봤자 돌아오는 건 '시바'라는 비아냥일 뿐이다.

「니는 지는」은 시종 경쾌한 어조를 취한다. 요즘 아이들의 어법을 그대로 빌어 왔을 뿐만 아니라 지루한 것을 못 견뎌하는 아이들의 호흡에 맞게 단문 중심이다. 요즘 아이들의 속내를 현실감 있게 보여 주자는 의도일 것이다. 그러면서도 정작 교사들에게 하고 싶은 말은 겉으로 내뱉지 못하고, 때로는 비굴한 아부성 발언으로 채우도록 하고 있다. 항변은 속엣말로만 처리함으로써 되바라졌다고 하는 아이들조차 실은 억압에 대한 복종을 내면화하고 있음을 효과적으로 보여 주고 있다고 하겠다.

요즘 아이들이 너무 변했다고, 도무지 이해할 수 없는 집단이라고 말하는 사람들이 있다. 그런 면이 있다는 건 분명한 사실이고,

그런 아이들에게 어떻게 접근을 해야 하는지 방법을 몰라 답답함을 느끼는 것도 충분히 이해할 수 있다. 하지만 요즘 아이들을 누가 길러 냈을까? 진공 상태에서 스스로 자라났을까? 결국 문제는 아이들에게 있는 것이 아니며, 의심의 대상은 아이들이 아니라 학교가 되어야 한다. 나아가 지금의 학교 체제를 만든 사회와 국가의 속내를 들추어보아야 마땅한 일이다.

'세상은 하기 싫은 일과 하지 못하는 일로 가득 차 있다'(「니는 지는」)고 말하는 아이들에게 이 세상을 어떻게 설명해 주어야 할까? 하지 말라는 금지의 언어, 혹은 가만 있으라는 순종의 언어만으로는 아이들의 삶을 어루만지거나 회복시켜 주지 못한다. 그래서 더욱 학교를 의심해야 하고, 사회와 국가의 체제에 대해 회의하는 시선을 앞에 놓아야 한다.

패배의 서사에 무엇을 채울 것인가?

작가는 전교조에 가입했다 해직을 당하고 적지 않은 시간을 보낸 뒤에 복직을 한 경험을 가지고 있다. 그리고 지금은 다시 자의로 학교를 떠난 상태다. 그런 면에서 「졸업」이라는 작품은 여러 생각을 하게 만든다. 작품 속에 나오는 '민주 교사'라는 말에 작가를 비롯해서 한때 교육 민주화운동에 헌신하고, 교실 안에서 아이들을 민주적인 방식으로 만나고자 했던 교사들의 모습이 겹쳐 보이는 건 너무나 당연하다. 고난을 당했으되 행복했던, 자기 신념에 따라 행동하고 그러한 행동이 나름대로 칭송을 받던 시절이 있었다. 그 뒤 해직 교사들이 복직을 하고 전교조가 합법화를 이루는 과정이 이어졌으며, 어느 정도 미래에 대한 낙관의 분위기가 퍼지기도 했다. 하지만 고양된 분위기는 그리 오래 가지 못했고, 지금은 전교조와 민주 교사라고 통칭되는 사람들에 대한 시선이 예전만큼 따뜻하지 못한 게 사실이다.

「졸업」에 나오는 담임은 교실 안에서 무참하게 패배를 당한다. 그것도 '여러분만이 세상을 바꿔 내고 그리하여 지금과는 다른 세상을 열어 갈 희망'이라고 믿으며 견뎌왔던 아이들에게! 이전에는 학교 관리자들이나 교육청 관료들의 탄압에 맞서 싸우느라 힘들었고, 그 과정에서 학교에서 쫓겨나기도 했는데, 이 작품에서는 관료가 아닌 자신의 반 아이들에게 배척받는 담임을 그리고 있다. 그것도 폭력 교사가 아닌 민주 교사가! 어떻게 그럴 수 있는 것일까?

이 작품은 담임과 일진짱 수미, 그리고 화자인 학급회장이 세 꼭짓점을 형성하고 있다. 담임의 패배는 표면상 수미와 그 주변 아이들 때문이다. 그리고 그 사이에서 갈피를 잡지 못하고 있는 학급회장이 있다. 학급회장은 궁지에 몰리는 담임을 안타까워 하지만 한편으론 담임에게 무능한 면이 있다는 생각을 하기도 한다.

그의 인간성이나 진정성은 우리에게 통하지 않았다. 그가 좀 더 노련하게 인간적인 방법과 강압적인 방법을 적절하게 구사하지 않아서일까? 아니면 우리의 영악함이나 그의 우직함만으로는 설명할 수 없는 어떤 것이 있었을까? 어쩌면 그것은 그와 우리의 주파수가 달랐기 때문이거나 또는 일방적인 통제와 복종만 있는, 그와 같이 개성을 존중하고 각기 다른 개성의 조화를 강조하는 사람은 설자리가 없는, 모두가 힘이 더 센 곳으로 쏠리거나 힘이 센 자에게 복종할 수밖에 없는, 그리하여 수미와 같이 힘을 추구하고 그로써 성립된 권력을 누리는, 그것을 제압함으로써 다른 힘을 갖는 학주와 같은 이들이 병립하는, 순리로는 두 힘의 균형을 무너뜨릴 수 없는 이 같은 학교 구조 속에서는 애초부터 그와 우리가 진정으로 만날 수 없는 일이었는지도 모른다. 그렇다면, 인간과 인간이 서로 만날 수 없는 곳이라면 이런 학교는 차라리 무너져 버리는 것이 낫지 않을까? 무너져 서 새로운 어떤 것이 그 자리에 세워져야 하지 않을까?

– 「졸업」 중에서

겉으로는 담임의 패배가 이 작품의 중요한 축을 형성하고 있지만 어쩌면 그건 부차적인 문제일지도 모른다. 소설 속의 담임은 우리가 잘 아는 영화 〈죽은 시인의 사회〉에 나오는 키팅 선생처럼 멋지게 떠나지 못했다. 오히려 '패잔병처럼 적막하고 쓸쓸'한 모습을 남겨 주었을 뿐이다. 그런 모습을 보며 '이런 학교는 차라리 무너져 버리는 것이 낫지 않을까? 무너져서 새로운 어떤 것이 그 자리에 세워져야 하지 않을까?'라고 생각하는 학급회장의 절망에 이 작품의 핵심이 담겨 있다는 생각을 한다.

수미는 소설 속에서 '작은 악마' 역할을 충실히 수행한다. 수미는 장 콕토가 그린, 기성세대를 비웃으며 나타난 '앙팡 테리블' 같은 존재가 아니며, '힘을 추구하고 그로써 성립된 권력을 누리는' 것이 최고라고 여기는 체제 이데올로기를 그대로 흡수한 괴물일 뿐이다. 문제는 그러한 괴물 앞에서 민주 교사는 설 자리가 없다는 사실이다. 아니, '민주'라는 개념을 뛰어넘어서는 새로운 틀을 만들어내야 할 과제가 주어져 있다고 보아야 한다. 그런 면에서 담임은 체제가 만들어놓은 이데올로기 앞에 무력한 존재가 될 수밖에 없었고, 앞으로 교육운동 진영이 이와 같은 난제를 해결할 방안을 내오지 못한다면 소설 속 담임이 보여 주는 패배의 서사는 한동안 계속 이어질 수밖에 없을 거라는 슬픈 진단을 내리게 한다.

그러는 사이 학급회장과 같은 부류의 아이들이 맞닥뜨리고 있는 절망에 대해서는 아무런 대책도 없고, 누구도 책임을 지지 않는다. 졸업식장에서 '아직도 거쳐야 할 학교가 남아 있다는데 생각이 미치자 마음이 캄캄해졌다.'고 하는 서술 앞에서 함께 마음이 캄캄해지지 않을 도리가 없다.

차가 서울을 벗어나자 가을이 한창인 들녘이었다. 평온해 보였지만 푸른 녹색이 누런 갈색으로 바뀌느라 들판은 소리 나지 않는 전쟁을 벌이고 있었다. 색깔뿐이 아닐 터였다. 저 들판 안의 갖가지 곤충들, 눈에 보이지 않는 미생물들까지도 전쟁의 복판에서 자기 삶을 송두리째 내던지고 있을 터였다. 전쟁은 운전기사 머리 위 텔레비전 화면 속에서도 한창이었다. 큰구슬우렁이는 살아 있는 조개를 빨아먹고 집게는 비단고둥을 잡아먹고 마도요는 칠게를 잡아먹고…… 그가 준비한 비디오 테이프 '갯벌은 살아 있다'였다. 저렇게 먹고 먹히는 전쟁터가 '살아 있음' 이라니! 살아 있음을 증명하는 것이라니! 나는 갑자기 살아갈 날이 막막해지는 느낌이었다.

— 「졸업」중에서

절망 속에서 아이는 세상을 알아버렸다. "먹고 먹히는 전쟁터가 '살아있음'이라니! 살아 있음을 증명하는 것이라니!"라고 하는 깨달음은 그러나 이내 두려움과 막막함으로 이어진다. 저 아이들을 어찌할 것인가!

글을 시작하면서 이 작품집에 실린 소설들을 읽는 게 고통스러울 거라고 했는데, 글을 마치는 순간까지도 무거운 마음을 내려놓을 수가 없다. 지금도 학교라는 공간 속에서 혹은 그곳이 너무 힘들어 밖으로 뛰쳐나온 뒤에 자기 몫의 고통을 견뎌 내고 있을 아이들에게 부끄럽고 미안하다는 말밖에 전할 게 없다. '자기 몫'이라고 했지만 결코 아이들 스스로 선택한 몫이 아니기 때문에 더욱 그렇다. 세월호 참사로 차가운 바닷물 속에서 숨져 간 아이들을 생각하면 어떤 식의 참회도 충분치 않다. 아이들아, 이런 어른들을 용서하지 마라!